SVARTA VINGAR ÖVER MUREN

Ur Byrån för ovanliga händelsers arkiv 2

Svarta vingar över muren

HÅKAN BORG

Förlag: BoD – Books on Demand, Stockholm, Sverige

Tryck: BoD – Books on Demand, Norderstedt, Tyskland

Framsida : Linda Axelsson

ISBN: 978-91-8007-554-1

Prolog

Någonstans på den kinesiska landsbygden 1977.

Ett tunt skrik klöv nattens tystnad. Ett barn hade äntligen fötts på den lilla bondgården. Den nyblivna pappan trampade fram och tillbaka utanför huset i väntan på att få se sitt efterlängtade barn. Han hade längtat och väntat länge på den här stunden. Barnmorskan som kallats till gården för att hjälpa till med födseln kom utmattad ut på gårdsplanen. Bonden såg på henne med hoppfulla ögon,

– Har det gått bra? frågade han med ett spänt, viskade tonfall. Hon såg länge på honom med nattsvart sorg i blicken innan hon sakta skakade på huvudet. Nej det hade inte gått bra, hon visste att bonden ville ha en arvinge, han ville ha en son. Det späda skrik som kom inne från huset kom förvisso från ett friskt barn, men det var en flicka. Bonden stapplade omtöcknat baklänges samtidigt som han tog sig om huvudet och skrek av ilska och sorg.

– Nej, inte igen, inte en gång till.

Han skakade i förtvivlad gråt innan han plötsligt sträckte på sig och pekade med ett darrande finger mot barnmorskan,

– Den flickan har aldrig blivit född. Förstår du vad jag säger? Den flickan finns inte.

Han såg uppfordrande på henne. Hon nickade bara matt. Det var som vanligt, blev det en flicka så skulle den lilla bebisen dö. Den där nya lagen om att familjer bara får ha ett barn slår helt galet här ute på landsbygden tänkte barnmorskan sorgset. Hon skakade av sig den obehagliga känslan som hon alltid fick när ett flickebarn fötts. Med en bestämd min såg hon på bonden och sa rakt på sak,

– Jag kan ta henne härifrån, ingen skulle få veta och din brunn skulle inte bli dålig.

Bonden såg tvivlande på henne en lång stund innan han till slut nickade. Han visste inte hur hon fått reda på hur han gjorde förra gången han fick en flicka men det skulle vara skönt att slippa att göra samma sak en gång till.

Barnmorskan och det lilla barnet lämnade bondgården samma kväll. Inne i huset grät både mamman och pappan bittert. Inte för att de förlorat ett flickebarn utan för att det inte blev en pojke.

Den lilla flickan kom att växa upp på ett barnhem som hade en drake på röd botten som symbol. Det var Byrån för ovanliga händelsers barnhem. Hon skulle få kämpa hårt för att få visa att hon kunde klara uppgiften. Många träningstimmar och många hårda pass skulle hon få utstå. Hon kom så småningom att bli en av de legendariska murvakterna som skyddade Kina mot de förskräckliga mongoliska horderna. Hon skulle växa upp oälskad och oönskad. Hon skulle också växa upp till att bli en sann hjälte.

Hon var inte ensam, det var många flickor som lämnades till barnhemmet. Tillsammans skulle dessa flickor bilda en tunn men knivskarp linje mellan tryggheten innanför muren och de fruktansvärda monster som fanns utanför. Vårt lilla flickebarn och hennes medsystrar skulle komma att ingå i de tusen historier det viskades om runt lägereldarna över hela Kina. Hon skulle bli en prydnad för hela sin nation. Precis som alla de andra oönskade och oälskade flickebarnen. Hon blev aldrig älskad av några föräldrar men i systerskapets varma gemenskap bland de övriga oönskade kom hon att bli en hjälte bland hjältar. Utan att tveka var hon beredd att riskera sitt liv för att rädda det land som inte ville veta av henne.

Hade den förbaskade bonnläppen som för så länge sedan gav bort sin dotter vetat detta så kanske han tänkt sig för en gång till.

1 Det stora hotet

Xian Lee låg på mage högst uppe på toppen av den lilla kullen och stirrade ut i det tilltagande grå ljuset. Hon andades häftigt och blicken flackade fram och tillbaka över marken nedanför. Hon var desperat och kände en bubblande panik inombords. Hur kunde det ha gått så illa? Var fanns de andra? Hade Chen klarat sig? Vad skulle hon göra nu? Det gula, torra gräset kittlade henne i ansiktet när vinden fick det att röra sig men trots det höll hon en så låg ställning som hon kunde. Hennes rustning var riven i trasor och plattorna av härdat stål hängde lite hur som helst. Många saknades helt. Hon hade en lång reva på sitt vänstra ben precis ovanför där de skyddande stövlarna slutade. Redan tidigare under natten hade hon knutit sin halsduk kring såret och blött det med alkohol. Alkoholen var dels till för att rena såret men också för att minska lukten av blod. Det hade svidit som eld när hon blött det tillfälliga bandaget men hon hade bitit ihop och inte ett ljud hade kommit över hennes läppar. Det var viktigt att minska blodlukten, de där bestarna kunde känna den på flera hundra meters avstånd. Den här lilla kullen skulle inte rädda henne om hon luktade av färskt blod.

När ljuset till sist nådde ner till marken i den lilla dalgången

nedanför henne och färgade den smutsbruna dalen i ett gyllene ljus
såg hon det. Hon kunde följa den ungefärliga väg hon tagit under
den vilda flykten. Nere på den dammiga dalens släta yta kunde hon
se hur hon hade förflyttat sig under nattens desperata strid. Det
gick inte att kalla det för en jakt, strid, eller möjligtvis flykt, var de
enda ord som passade in på vad hon just upplevt. En rad av vad
som såg ut som runda stenar ledde från grottans mynning och hela
vägen fram till den lilla höjd där hon låg. Hon räknade stenarna
och kom fram till att det varit åtta som fällts. Hur kan det vara
åtta? Enligt den information de fått när de lämnade säkerheten
skulle det ha varit fem odjur som mest. Dessutom var de här före
detta bestarna bara en liten del av den enorma hord som
överraskande rusat fram ur grottans mörka inre.

Det hade varit tre självsäkra jägare som lämnat stora porten två
dagar tidigare. De skulle ut på ett rutinuppdrag, inget märkvärdigt.
Sen gick allt åt pipsvängen på en gång och nu var hon ensam. Hur
hade det kunnat gå så fel? Den information de fått innan uppdraget
hade verkat pålitlig och ingenting verkade onaturlig, ett
rutinuppdrag som sagt. Nu var hon rädd, skadad och ensam. Hon
hade sett hur Hui dragits ner och försvunnit i myllret av bestar, hon
var borta, så var det bara. Hennes lärare och bästa vän var borta för
alltid. Chen hade precis som Xian börjat springa tillbaka ut från

grottan när horden plötsligt vällde fram från dess mörka inre, det måste varit ett hundratal. Ett litet tag hade de hållit stånd vid mynningen, men det berodde förmodligen inte på att de varit så skickliga. Horden hade verkat vänta på att det skulle bli mörkare ute. När Xians pilar tagit slut hade hon desperat försökt värja sig med sitt svärd men hon hade varit tvungen att backa då trycket från de fula odjuren hela tiden ökade. Chen hade försökt göra samma sak men blivit pressad bort från Xian och så småningom försvunnit utom synhåll. Odjursflocken hade helt enkelt kommit mellan de båda jägarna och Chen hade haft oturen att pressas ner mot dalen botten. Xian visste att det bara hade varit en liten del av den myllrande horden som följt efter henne själv och att det var därför hon fortfarande var i livet. Chen hade förmodligen inte haft samma tur. Den stackars kvinnan måste dött i käftarna på de fördömda spetstandingarna.

Vad i hela friden var det som höll på väg att hända här egentligen? Xian hade varit jägare i trettio år och hon hade aldrig behövt möta fler än två spetstandingar samtidigt. Det här var något hon gärna hade velat diskutera med sin tidigare lärare. Men precis som med Chen så var Hui också ett rov för de vidriga bestarna. Hon skulle sörja sina kamrater när hon kom tillbaka men nu var det viktigaste att ta sig till porten och varna byrån. Någonting stort var på gång och hon visste att om inte byrån fick reda på detta så kunde Kina bli nästa frukostbuffé för dessa mongoliska bestar. Hon plockade av sig den trasiga rustningen för att bli lättare och började, trots sitt skadade ben, att springa tillbaka mot porten. Tiden var just nu inte hennes bästa vän.

När halva dagen hade gått och solen stod som högst på himlen stod det klart för Xian att hon inte skulle hinna fram till porten innan mörkret åter föll. Hon hade hållit ett högt tempo de första timmarna men hade så småningom fått sänka farten när kroppen började protestera. Hon var otroligt törstig men kunde inte göra något åt det. Tungan kändes som en bit torrt läder i munnen och hon började bli yr. Hennes vattenskinn var tomt. Det hade tydligen fått sig en snyting under striden, det var ett stort hål i det, och inte en droppe fanns kvar. Problemet var att i den här delen av landet fanns det inget vatten utanför porten, så hon visste att hon skulle få en svår natt och en riktigt eländig sista dag innan hon nådde säkerheten. Svåra dagar och nätter var något hon var tränad för men hon visste också att alla hade en gräns, efter den gick det helt enkelt inte längre.

När skuggorna blivit långa och solen stod lågt vid horisonten så började Xian att klättra upp på en hög pelarliknande klippa. Hon satt där med knäna uppdragna till hakan och stirrade in i de mörka skuggorna nere i dalen. Hon borde vara skyddad uppe på toppen men det var svårt att veta säkert. Mongoliska spetstandstroll var inte särskilt bra på att klättra, de höll sig helst nere på platt mark. Mongoliska spetstandstroll trivdes bäst där det var som mörkast, de drog oftast fram i skuggan utmed klipporna även på natten. Xian hade dock svårt att känna sig trygg då hon var ensam, skadad och väldigt, väldigt törstig.

Samtidigt som hon långsamt försvann in i sömnens rike började det rassla och prassla inne i de mörka skuggorna nere i botten av dalen. Likt en mörk flod av gräshoppor följde de dalgångens botten och allt levande som kom i deras väg blev uppätet. De var som dödens flod där de vällde fram. Det var tur för Xian att de var usla på att klättra för hon sov tungt när horden passerade under hennes gömställe. När det rasslade som värst långt under henne drömde hon mardrömmar och hade inte en aning om att när morgonen kom så skulle hon ha den skräck som hon försökte fly ifrån mellan sig och tryggheten.

Xian vaknade när det fortfarande var mörkt men gryningens första röda dis syntes som en skimrande slöja över horisonten. De höga bergssidorna som reste sig på båda sidor om dalen stod fortfarande som svarta jättar mot himlen. Hennes ben gjorde ont och hon var torr som fnöske i munnen men hon tvingade sig upp på benen och försökte mjuka upp de muskler som stelnat under natten. Hon var plågsamt medveten om att hon hade en av sina svåraste dagar någonsin framför sig. Nu var det allt eller inget, hinna fram under dagen eller gå under ute i ödemarken. Det fanns inte en chans att hon skulle klara en natt till här ute utan vatten.

När solen nådde botten av dalen och färgade de bruna klippväggarna i ett gyllene skimmer klättrade hon ner och började gå. Det torra bruna gräset såg nertrampat ut och hade hon inte varit så utmattad så skulle hon förmodligen sett de tydliga spåren i den torra jorden. Nu tittade hon bara rakt fram som om hon försökte frammana sitt mål bara genom att stirra mot det. Hon hade inte råd att springa utan försökte hålla ett tempo som inte frestade på hennes redan uttorkade kropp för mycket. Hon måste komma fram i dag, hon måste.

Solens strålar slog skoningslös ner från en klarblå himmel och trots att det inte var fanns någon värme i luften så plågade solen Xian svårt. Hon fortsatte att gå som i en dimma, en fot i taget framför den andra. Det var mer än ett och ett halvt dygn sedan hon drack något och hennes huvud kändes som om det skulle explodera. Huvudvärken var fruktansvärd men det som oroade henne mest var att hon hade svårt att se, det flimrade framför ögonen på henne och hon kunde inte fokusera blicken. Hon hasade sig vidare mot porten och säkerheten men det gick långsammare ju längre dagen led.

När eftermiddagen gick mot kväll promenerade Xian tillsammans med Hui och Chen mot den stora porten i den ännu större muren. Muren som i hundratals år skyddat de Trygga från den mongoliska horden. Xian försökte prata med sina vänner men hon hade svårt att få orden att komma ut ur munnen. Hon var lite förvånad över att det var så svårt att prata men ännu mer förvånad över att marken verkade kränga och gunga under henne. Det kändes som om den vore gjord av gummi. Hon log och skulle just påtala för sina vänner att marken kändes så konstig när marken plötsligt gjorde något oväntat, den ställde sig rakt upp och slog henne hårt i ansiktet. Hon yrade lite i dammet där hon fallit innan allt blev svart. Xian låg i skuggan utanför den stora muren och solen var just på väg ner för att förvandla dag till natt, ljus trygghet var på väg att förvandlas till svartaste skräck, åtminstone om man befann sig på fel sida av muren.

John Clark, en turist från USA, gick fram och tillbaka mellan bröstvärnen som stack upp på vardera sidan av den stora muren.

Han ville ha med sig en skärva av den rackarns muren hem men just på den här platsen verkade det som om den var så välskött att det inte fanns något att plocka med sig. Det stod dessutom någon form av gammaldags vakter lite här och där uppe på muren och han misstänkte att de inte skulle bli särskilt glada om han försökte slå loss en bit. Han gav upp tanken på att hitta någon lös flisa och fokuserade på den spektakulära solnedgången istället. Från en blå, och extremt ful, magväska tog han fram sin fina Canon videokamera. Med den började han att filma den vackra solnedgången. Han lät kameran gå över bergstopparna som verkade svarta mot den blodröda himlen. Det var magiskt att se hur solens sista strålar långsamt kröp uppåt på de kala klipporna och lämnade ett mörker efter sig nere i dalen. När han svepte kameran längst dalgången och gradvis ökade förstoringen på bilden allt eftersom han kom närmare muren så stannade han plötsligt upp. Vad var det där? Han försökte få så stor bild som möjligt men när han zoomade in så blev upplösningen suddig, han minskade bilden igen. Där, nu hade han så bra bild han kunde få. Det låg ju för tusan någon där nere. Vad skulle han göra nu? Kunde han försöka tala med någon av de där kvinnliga låtsasvakterna uppe på muren? Han försökte med armrörelser och gester få vakten att förstå men hon bara tittade på honom som om han skulle varit tokig. Man kunde inte gärna klandra vakten då det faktiskt såg ut som om John var lite tokig där han stod och vevade som en väderkvarn. Han mumlande högt när han frågade sig själv hur han skulle gå till väga för att få vakten att förstå vad han menade. Vakten sken genast upp när hon hörde John mumla och svarade på felfri engelska att om herr turist inte spelat stum så förskräckligt övertygande så skulle de nog redan fått en bra kontakt. John stirrade häpen, med öppen mun, men fortfarande utan att säga ett ord, på vakten samtidigt som han pekade upprepade gånger ner mot marken. Efter en del stammanden och hummanden fick han fick till slut fram,

– Det ligger någon där nere. Jag tror det är någon som ramlat ner från muren.
Den kvinnliga vakten tittade kisande ut över kanten för att sedan blixtsnabbt springa upp till sin lilla vaktkur. Det tog bara ett par minuter innan en liten dörr i den stora porten öppnades och två sjukvårdare rusade ut.

Det var en ung kvinna som låg utanför och hon levde, vilket borde varit omöjligt om man ramlat ner från den tjugo meter höga muren. De lyfte försiktigt upp henne på båren och klappade lite på hennes kind. Hennes ögon fladdrade till och en svag stämma flämtade fram,

– Stäng porten, stäng porten nu.

Den lilla dörren slogs igen med en dov duns innan den låstes med en stor bom. Samtidigt som solens sista strålar lämnade krönet på muren började saker att hända utanför. Så fort dalen låg i mörker hördes det ett kusligt rasslande från de djupnande skuggorna, ett rasslande som ökade i styrka ju mörkare det blev.

2 Nattmaran

Hon smög tyst som en vind genom den glesa björkskogen utan att för ett ögonblick ta ögonen från de spår som fanns i blåbärsriset framför henne. Lisa var nu inne på andra nattens förföljande och spåren visade tydligt att hon var nära. De rackarna hade mer eller mindre länsat två hela hönshus och slukat minst ett får, nu fick det räcka. De Trygga hade varit oroliga nere i byn och flera hade talat om konstiga stenar som rört sig. Det var på det hela taget inte något bra alls. Nu var det ju så att de Trygga så småningom skulle hitta på en rimlig förklaring som deras hjärnor kunde acceptera så förmodligen skulle de till slut komma fram till att det varit en älg eller något annat djur de sett.

Hon hukade sig ner vid en liten bäck som ringlade sig genom skogen i stora krokar. Spåren var tydliga, de fula kräken följde bäcken. Med ett lätt steg hoppade hon över till andra sidan och genade rakt över fram till nästa krök. Med en experts tränade öga läste hon av marken på andra sidan av bäcken, det fanns inga spår, de hade inte kommit hit ännu.

sta grenarna knäcktes en bit uppför bäcken
äskan från ryggen och drog fram sin båge. Hon
nde mot ett träd och tryckte ihop den tillräckligt
nna stränga den. Nu knakade och brakade det
kogen och det kom allt närmare. Med ena handen
upp en pil ur kogret och kände med fingrarna att den
k kvisten satt på plats. Molnen delade på sig och en
ilade sitt silvriga ljus genom björkarnas glesa lövverk.
lem så fort de lufsade ut i månljuset, två ganska stora och
sselbackstroll gungade fram mellan träden. De gråa
a var nästan två meter höga och säkert en och en halv meter
, korta stubbiga ben och ett stort huvud som verkade sitta
kt på axlarna. Hasselbackstroll är så lika vanliga stenar när de
lar ihop sig för att sova att det är svårt till och med för en tränad
jägare att se någon skillnad. De här skulle dock inte kunna lura
någon igen. Pilen låg redan på stocken så när första trollet var
inom skotthåll spände hon bågen. Hon höll kvar i några sekunder
innan hon drog till fullt dragläge och släppte. Med en smäll for
strängen fram, i nästa ögonblick hördes en duns från det första
trollet som med ett öronbedövande brak föll och drog ihop sig till
en boll. Det andra trollet gjorde misstaget att försöka springa förbi
där det första fallit. Hon släppte det inte med blicken utan drog
med vana rörelser fram en ny pil. Att ladda om gick på rutin och

med blixtens hastighet. Ytterligare en smäll, pilen ven genom
luften, ett brak och sedan blev det alldeles tyst. Hon stod huka
kvar en liten stund men det enda hon hörde nu var vindens sva
viskningar genom trädens glesa lövverk.

Lisa reste sig lättad upp, strängade av bågen, stoppade ner den i
bågväskan och vände för att återvända hem. Hon räknade med a
vara hemma till nästa morgon, det var några mil att gå för att
komma hem. Jakten på de två marodörerna hade fört henne långt
från stugan, den stuga hon nu såg som sitt hem. Hon var lite orolig
för hur det gått för Jan, han var fortfarande inte fullt återställd efter
det otroliga äventyret vid Fjällhöga. Det hade varit en märklig
händelse, spännande, hemsk och förvirrande på samma gång. Hon
hade efteråt förstått att det var första gången i byråns historia som
mer än ett kärrtroll angripit en bosättning samtidigt.
Den här gången hade det varit tre troll som försökt äta upp de
vettskrämda invånarna i den lilla turistbyn Fjällhöga. Jan hade
skickats dit för att lösa problemet och Lisa hade fått följa med för
att lära sig hur det hela gick till. Jan hade gett henne den
meningslösa uppgiften att vakta deras sista läger samtidigt som
han själv gick in mot byn. Hon hade naturligtvis inte lyssnat på
honom utan smugit efter för att se hur Jan tog hand om kärrtrollet.
De hade ännu inte förstått att det var flera av de avskyvärda

odjuren som fanns i byn. Hon hade egentligen inte riktigt förstått hur farliga dessa illaluktande bestar kunde vara då det hade varit hennes första kontakt med kärrtroll. Jan hade förvisso upprepade gånger betonat hur hemska kärrtroll var men det var skillnad att uppleva det själv. Hon hade legat upp på en liten höjd och sett hur hennes lärare, pappa rättade hon sig och log, hade tagit strid mot två kärrtroll samtidigt och nästan förlorat kampen. Hon visste nu att ingen ensam jägare kunde ta sig an mer än ett kärrtroll i taget. Jan var den bästa, det trodde hon i alla fall, och han höll på att förlora livet på kuppen. Hon mindes med isande klarhet hur rädd hon blivit när han föll efter den där sista smällen, hon trodde hon förlorat sin lärare och bästa vän. Att det var hennes pappa visste hon då ännu inte.

Hur det gått till när hon själv dräpt det sista trollet kom hon inte riktigt ihåg, eller det gjorde hon men det kändes så konstigt, som om hela världen plötsligt saktat ner och att hon själv rörde sig fortare än normalt. Det hade varit en egendomlig känsla, som om hon kunde göra lite som hon ville och att alla andra rörde sig som om de stod i en seg gröt. Jan hade talat om för henne att kärrtroll var otroligt snabba, det näst snabbaste odjuret av alla troll. Hon hade ändå upplevt det som om att trollet inte riktigt hade hunnit med när hon rörde sig.

Nu var Jan hemma i stugan i alla fall, han borde kunna spänna sin stora båge fullt ut om en vecka eller så. Det var ju inte så konstigt att han fortfarande inte var helt återställd, åtta brutna revben, vänster knä ur led, diverse muskelbristningar och uttänjda ledband lite överallt på kroppen. Dessutom en bruten stortå. Den hade förvisso inget med striden mot kärrtrollen att göra, inte direkt i alla fall. Han hade när de kommit hem gått runt lite i stugan och på grund av det trasiga knät hade han gått med rakt ben. När man går runt med ett ben som inte går att böja i en stuga med höga trösklar så kan vad som helst tydligen hända. Som till exempel att en stortå träffar en tröskel. Om något sådant händer är det väldigt sällan tröskeln som går sönder, det är tån.

Lisa log lite för sig själv när hon tänkte på händelsen. Jan hade försökt låtsas som om han inte hade så ont när han haltade runt i stugan, och när tån plötsligt dunsade i tröskeln hade han bara tittat ner och suckat,

— Jaha, det var ju för tusan den enda kroppsdel som jag inte hade ont i.

Tån hade pekat åt helt fel håll mot vad den borde göra. Nu var det tre månader sedan händelserna i Fjällhöga så alla skador var utläkta och Jan verkade bli allt starkare för varje dag som gick.

Han hade dock ännu en bit kvar innan han var lika stark som innan. Lisa fortsatt vandra större delen av natten för att när solen började gå upp till slut göra ett litet läger och lägga sig för att sova ett par timmar.

Jan kom upp från den gigantiska källaren som var gömd under gränsstuga 32. Han sträckte på sig och gjorde lite uppmjukningsövningar för att inte stelna till i musklerna. Han bestämde sig för att blaska av sig i den lilla ån som flöt förbi stugan. Det kunde vara skönt efter att ha tränat större delen av morgonen. Han var genomsvett från topp till tå. Under dagens träning hade han klarat att svinga sitt stora svärd utan allt för mycket besvär men bågen var en annan femma. Det var en av de största och tyngsta bågarna i hela byrån och han visste att det inte var många av hans kollegor som orkade spänna den. Det som störde honom var att han själv inte hade haft några som helst problem att spänna den innan Fjällhöga vilket betydde att han fortfarande inte var lika stark som förut. Något som störde honom ännu mer, samtidigt som det fyllde honom med stolthet, var att Lisa klarade av att använda hans stora båge. Hon är allt bra stark den lilla, tänkte han.

När han kom ut på gården tittade han som av vana längs den

misskötta grusväg som utgjorde gräns mot Svarta skogen och trollens hemvist, inga rörelser någonstans. Det var en vacker dag med sol och lite vind, säkert tjugofem grader varmt i luften.

Hans blick sökte av kullar och skogskanter i jakt på någon form av rörelse men han såg ingenting. Lisa hade varit borta i fyra dagar nu, hade det gått bra borde hon redan varit hemma. Han var lite orolig för den lilla. Han kände sig alltid orolig när hon var på jakt utan honom, hon var ju för tusan bara fjorton år. Normalt brukade inte byrån släppa iväg lärlingar på egen hand men på grund av Jans skador och hur väl hon skött sig under Fjällhöga-incidenten så hade de gjort ett undantag. Jan hade protesterat livligt och högljutt men ingen i ledningen hade tagit någon notis om hans åsikter i frågan. Faktum var att den där typen Anders till och med sagt,

– Sluta, du låter ju som om du skulle vara hennes farsa.

Nu hade det visat sig att han faktiskt var pappa till den fantastiska lilla tösen, han log och fick torka bort något från ögonen, men på grund av de regler som byrån jobbar efter hade Jan inte berättat det för någon. Byråns regler var väldigt strikta på den punkten, För att bli jägare inom Byrån för ovanliga händelser så måste barnet och dess föräldrar skiljas åt vid senast fem års ålder och inte återses innan barnet blivit en vuxen människa. Lisa var fjorton år och kunde därför inte räknas som vuxen. Hade Jan berättat att hon faktiskt var hans egen dotter så hade byrån delat på dem. Han hade trots allt letat efter henne i tolv år innan han gav upp så han hade inte en tanke på att skiljas från henne igen. Tills vidare fick byrån tro att hon bara var hans lärling.

Han tänkte tillbaka på den kvällen när han fick se det brev som han själv skrivit fjorton år tidigare. Lisa hade hållit inte visat honom det tidigare. Det hade varit Lisas enda länk till hennes föräldrar. Hon hade slängt det i elden för att till slut ge upp sökandet efter de föräldrar hon inte hade något minne av. Han hade hört henne snyfta och tittat upp precis lagom för att hinna få ut brevet ur lågorna innan det tog eld. Han hade trott att hon tappat det. Hon hade blivit arg och gråtande skrikit åt honom att det var hennes brev och att han inte skulle se det. När han förvånat tittat på det var det som om han blivit kortsluten i huvudet. Hans egen handstil på ett brev som han skrivit till sin älskade blivande hustru för så länge sedan. Han hade ramlat omkull, oförmögen att riktigt förstå att lilla Lisa, denna lilla flicka som han tyckte så otroligt mycket om faktiskt var hans egen dotter.

Han var glad att ingen var i närheten och såg att tårar rann nerför hans kinder "en riktig man gråter ju som bekant inte" när han gled ner i den lilla åns svala vatten. Trumf som också återhämtade sig efter Fjällhöga gick försiktigt i kanten av ån, han gillade inte vatten och var något av en badkruka. Hans lurviga och borstiga gråa päls var rakad på flera ställen, både på ett ben och på sidan av kroppen.

Hans skadade ben hade varit tvunget att gipsas och på sidan av kroppen hade han fått en stor lapp med smärtstillande medel. Nu när gipset var borta och lappen likaså såg det mer ut som om han blivit maläten. Trumf hade aldrig varit en utställningshund men han hade nog heller aldrig varit så långt ifrån att vara just det som nu. Han såg ut som en maläten gammal tröja. När han stod vid kanten av ån och följde en dagslända med blicken tog någon plötsligt tag i hans svans. Trumf som var helt oförberedd tog ett förskräckt skutt rakt ut i ån samtidigt som han pep till av förvåning. Han som alltid upptäckte minsta ljud hade inte hört någonting.

Lisa stod på strandbanken och skrattade så hon kiknade,
    – Du ser inte klok ut Trumf, hojtade hon.
Det stämde förvisso att hunden inte såg riktigt klok ut när han genomdränkt försökte hitta närmaste väg upp ur den i hans tycke alldeles för blöta ån. Plötsligt och utan förvarning försvann marken under Lisa och hon plumsade själv ner i ån med kläder och allt. En

hel tova av den gräsliknande vassen hade släppt och tagit med henne ut i det blöta. Hon spottade och fräste när hon kommit upp till ytan igen samtidigt som Trumf kravlade sig upp på stranden.

Jan kom glidande i ån så fort han kunde när han hade hört henne stoja med Trumf. Han hann precis se hennes förvånade min när hon åkte ner i vattnet. Nu var det hans tur att skratta. Han omfamnade henne och hjälpte henne upp på strandkanten igen samtidigt som han förhörde sig om hur det gått. Hade hon hittat trollen, hade det varit svårt att spåra dem? Var det säkert att de inte skulle bli till besvär när vintern kom? Lisa satte sig på kanten av ån och berättade lugnt om hur hon spårat trollen från den sista gården de plundrat på höns och hur hon efter en lång spårning lyckats fälla båda två. Hon tyckte verkligen om att spåra, så fram till att trollen hade fälts så hade det varit spännande som tusan. Det jobbigaste i hennes tycke hade varit promenaden hem igen. Hon hade fått gå lika långt som ett normalt maratonlopp, och det mesta på natten,

– Är det det man kallar för en nattmara?
Frågade hon med en oskyldig uppsyn. Hon hoppades få igång Jans historieberättande. Jan började, precis som Lisa hoppats, att med allvarlig röst förklara vad en nattmara egentligen var.
-Nej, så är det inte, nattmaran är ett samlingsnamn på

våtmarkstroll. Troll ur nattmarefamiljen lever i fuktiga delar av världen, började han. Det finns lite olika varianter av den men den vanligaste brukar kallas för swampmonster på engelska. På svenska skulle vi kalla dem för träskmonster. Dessa lever i USA, från Floridas träsk hela vägen upp till de stora sjöarna. Det är faktiskt en släkting till våra kärrtroll, men luktar inte lika illa. De är ungefär lika höga men saknar kärrtrollens dreadlocks. Ett swampmonster har en rad taggiga utskott längst hela ryggen istället.

Färgen är mer grön och svansen betydligt bredare. Våra kärrtroll går ju som bekant på botten av sjöar och kärr och är dåliga på att simma. Ett swampmonster är en utmärkt simmare och ser nästan ut som en alligator när det simmar i vattnet. De har mindre ögon och längre käftar men inte lika vassa tänder och kanske viktigast av allt, de är inte alls lika snabba som våra kärrtroll.

3 Sångpojkarna från Gary-Indiana

Lisa, som älskade stunderna när Jan satt och berättade om främmande platser och märkliga troll, försökte locka honom att fortsätta sin berättelse,

– Har du mött ett swampmonster någon gång?

Jan tittade upp mot himlen och hans ögon blev fjärrskådande när han mindes senaste gången han mött ett swampmonster,

– Jodå, senaste gången var 1971 när jag var utlånad till 41:a trolljägardivisionen i Milwaukee. De hade problem med ett antal swampmonsters som härjade vid stränderna av sjön Michigan, det är en av de så kallade stora sjöarna. Jag hade en väldigt lång sträcka att patrullera. Du förstår, i USA använder de bil till att patrullera sina områden, så sträckorna man kontrollerar är väldigt långa. Mitt distrikt började uppe vid Green Bay, långt inne i Wisconsin och fortsatte hela vägen ner till Gary som ligger i Indiana. Vi hade fått rapporter att det skulle finnas ett monster i ett område som kallas för Vargsjön eller Wolf lake på engelska. Det ligger i närheten av en stor stad som heter Chicago. Jag hade försökt spåra besten från träsket och upp på land men det är inte så lätt att följa spår när det är så mycket asfalterade ytor som det är i bebyggda områden. Spåren hade slutat vid en stor, öde

parkeringsplats i närheten av riksväg 90. Jag var inte riktigt säker

på hur jag skulle fortsätta mitt sökande, det var buskage runt hela

den stora parkeringen så den kunde vara var som helst. Precis när

jag stod där och tvekade stannade en mindre buss i andra änden av

den i övrigt tomma parkeringen och en äldre herre med fem pojkar

i olika åldrar gick ur och sträckte på sig. Den minsta av pojkarna,

kanske fem, sex år gick iväg en liten bit från bussen för att kissa.

Jag hade hela min rustning på mig så jag försökte smyga runt utan

att bli upptäckt. Det fungerade ett tag men när jag var mitt för den

lilla pojken upptäckte jag besten. Den fula otäckingen försökte

smyga sig på den lilla grabben som inte märkte någonting. Det

gick inte att skjuta den med bågen i det läget vi hamnat i. Den lilla

grabben var på andra sidan av trollet och om jag missade så fanns

det en risk att han skulle råka illa ut. Det fanns helt enkelt ingen tid

att ändra position, odjuret var på väg att sluka den lilla pojken när

som helst. Det fick bära eller brista, jag skrek åt fulingen och drog

mitt svärd och precis som planerat så vände den sig mot mig

istället. Den lilla grabben skrek i vild panik när han såg det fula

odjuret, han trodde han hade en alligator framför sig. De fem som

varit i närheten av bussen rusade in i den och låste dörren. Lite för

snabbt kan man tycka då lillgrabben inte hann in. Den livrädda

lilla plutten blev kvar på utsidan. Vig som en ekorre lyckades han istället klättra upp på taket på den lilla bussen. Han satt där uppe med uppspärrade ögon och såg allt som hände. Trollkräket rusade mot mig med klapprande käftar och lyckades nästan bita av ena handen på mig. Jag kunde i sista ögonblicket rycka undan den, han lyckades dock få tag i fingerspetsen på min ena brynjehandske. Den eleganta handsken rycktes av mig i ett huj. Under resten av kampen var jag tvungen att skydda min vänstra hand från att bli avbiten. Du förstår, swampmonsters försöker alltid i första hand komma åt oskyddade kroppsdelar. Vi har ett bra trick för att skydda händer som inte är täckta av rustning. Det kan se lite lustigt ut, men genom att hålla den oskyddade handen mellan benen, precis under skrevet samtidigt som man med en mjuk nästan glidande rörelse går bakåt så får ett swampmonster svårt att komma åt handen. Det lyckades så pass väl att när den fula besten anföll nästa gång så lyckades jag slå huvudet av den. Den rullade ihop sig framför mina fötter precis som de brukar göra. Huvudet lyfte jag upp och slängde i vattnet. Det landade med ett enormt plask som fick den lille pojken att nästa ramla ner från bussens tak. Han stod på tå längst ut på kanten för att kunna se allt som hände.

Lisas ögon glittrade av belåtenhet men hon ville höra mer,

   – Pratade du med någon av dem i bussen? Frågade hon samtidigt som hon hoppades att han skulle fortsätta att berätta.

Jan log.

– Ja, jag såg ju att lillgrabben som stod och vinglade på taket var likblek. Han var ju livrädd den lilla plutten, och kanske lite nyfiken. Jag misstänkte att de inne i bussen var minst lika rädda.

 Innan jag närmade mig bussen plockade jag av mig hjälm och svärd för att gömma undan dem. När jag sedan såg lite mer respektabel ut knackade jag på. De öppnade försiktigt och jag förklarade för dem att det varit en alligator som varit framme. För att lugna dem sa jag att den hade gett sig i väg och att det nu var ofarligt att komma ut.

Lisa såg lite fundersam ut och frågade med rynkad panna,

– Finns det verkligen alligatorer i de stora sjöarna?

– Nej, svarade Jan och skrattade. Men det visste ju inte de här människorna. De var stadsbor och stadsbor kan ingenting om naturen. Den äldre mannen visade sig vara pojkarnas pappa och manager, vad det nu kan vara för något? De var fem bröderna som hade någon form av sånggrupp tillsammans. Jag kommer inte ihåg vad de kallade sig men det var något med fem på slutet. Den lilla plutten som suttit på taket hette i alla fall Michael i förnamn. Han var så rolig när han envist försökte förklara för sina bröder vad som faktiskt hänt. Naturligtvis trodde de på ett ord av vad han sa. Jag tyckte faktiskt lite synd om honom när hans äldre bröder retade honom. Det slutade med att han försökte härma manövern för att skydda en oskyddad hand. Kan du tänka dig? Mitt i natten under en fullmåne gled den här lilla krabaten baklänges på parkeringen, men med steg som om han skulle gå framåt samtidigt som han gömde sin ena hand mellan benen. Jag sa till honom att det såg ut som om han var ute och gick på månen, mångång, ja fast på engelska förstås, moonwalk. Den lille plutten var fruktansvärt upprörd över att bröderna skrattade åt honom när han försökte förklarad vad han sett. Han blev så arg att han där och då bestämde sig för att sluta i brödernas sånggrupp. Han skulle bli solo artist och inte längre uppträda tillsammans med sina retfulla bröder. Han hävdade envist att han ville vara som mig, tydligen hade han gillat den lilla uppvisningen. Pojken ville tydligen ha samma häftiga stil som jag. Ja det var vad han sa i alla fall.

Jan skrattade nu så tårarna rann.

– Han påstod att han också bara skulle ha en handske och att den skulle glittra som min. Han skulle gå sin mångång och hålla sin ena hand i skrevet hela tiden.

Jan kluckade som en hickande höna när han tänkte tillbaka på händelsen.

– Han var för rolig, jag har ingen aning om han någonsin lyckade bli en framgångsrik artist men rolig, det var han.

Lisa stirrade på honom som om hon inte riktigt visste vad hon skulle tro. Till slut stammade hon frågade,

– Vänta, vänta, hette gruppen Jackson five?

Jan funderade ett ögonblick med rynkad panna innan han nickade
och svarade att,

– Jaa, det lät bekant, så kan de nog ha kallat sig.

Lisas ögon blev stora som tekoppar och hennes mun formade en
nästan perfekt cirkel. Hon stirrade bara mållöst på honom en lång
stund innan hon lyckas få fram,

– Menar du att det var du som gjorde så att han bara hade en
glitterhandske, moonwalkade och ständigt tog sig i skrevet?

Jan såg lite förvånat på henne och svarade,

– Öhh, ja, förmodligen, hur så, vet du något om hur det gick för
den där lilla plutten?

– Vet du på riktigt inte vem det var du räddade?

Hon tog sats för att berätta men ångrade sig, visste han inte vem
del lilla pojken hade blivit så kunde han få fortsätta att sväva i
ovisshet.

Lisa himlade med ögonen samtidigt som hon reste sig för att gå in
och byta sina blöta kläder.

– Herre min skapare, muttrade hon för sig själv samtidigt som
hon uppgivet ruskade på huvudet och irriterat slog ut med armarna.

Jan ropade efter henne,

– Men hallå? Jag kan väl inte veta vad varenda människa som jag räddat håller på med?

Han såg med uppriktig förvåning efter henne när hon med ilsket minspel klampade iväg.

Det kanske inte var så konstigt att Jan inte visste vem det var han räddat ur monstrets käftar. De flesta människor präglas av den musik som de lyssnar på i tonåren och Jan var ju som bekant rätt så gammal, drygt tvåhundra år faktiskt. Han tyckte att om musik inte spelades på harpa eller cittra så var det inte mycket att ha. Rock och pop var det inte ens lönt att fråga honom om. Gubben tyckte ju för tusan att Bellman var lite för modernt!

4 Larmet går

Xian hade vaknat upp på sjukhuset i Baotou och undrade
förskräckt var hon var. Hennes ögon fladdrade runt i panik och
hon slog omkring sig för att försöka jaga bort de vasstandingar
som plågat henne i hennes mardrömmar. När droppslangen som
satt i hennes arm lossnade så gick någon form av larm som i sin tur
lockade till sig personalen. Det helt vita rummet med sina blanka
maskiner som surrade förvirrade Xian ett ögonblick, hur i hela
friden hade hon kommit hit? Sakta kom bilderna av hur hennes
vänner försvunnit tillbaka. De tankarna var som ett knytnävsslag i
magen. De obehagliga minnena gjorde henne plötsligt klarvaken.
Hade hon inte försökt prata med dem mot slutet av flykten? Hon
var inte helt säker på vad som hänt det sista dygnet. Ögonblicket
senare rusade en läkare och två sköterskor in i det sterila, vita
rummet. Genast började en av sköterskorna att sätta tillbaka den
droppslang som tidigare varit fäst i Xians arm. Xian lyckades till
slut få grepp om situationen och lugnade med viss
viljeansträngning ner sig,

— Jag behöver tala med direktören för Murens bevarande,
sa hon med en röst som var så kraxande att hon inte kände igen
den själv.

Läkaren klappade henne lugnande på armen och sa med mjuk röst,

– Du har varit med om en olycka och är skadad. Vi behöver hålla dig under uppsikt några dagar är jag rädd. Du har haft en otrolig tur ska du veta, du ramlade ner från muren och ingen brukar normalt överleva ett fall på tjugo meter.

Xian stirrade oförstående på honom,

– Ramlat ner från muren? Är du dum i hela huvudet, eller? Trillar någon från muren så blir de platta som pannkakor. Då är det slut. Jag har inte ramlat från någon mur, jag kom utifrån.

Först förstod inte läkaren, ingen vanlig människa går så långt från muren att de nästa dör av törst innan de kommer tillbaka. Plötsligt insåg han med förskräckande klarhet vad det var för typ av särskilda människor som faktiskt gjorde det. Han kom ihåg sin farfars berättelser vid lägereldarna från när han var barn. Det var bara de hemliga beskyddarna som rörde sig likt skuggor utanför muren om natten. Läkaren bleknade och backade försiktigt ett par steg.

– Du är en av dem, viskade han.

Han tog sin mot hjärtat och viskade igen. Du är en av dem, du är en av de mystiska beskyddarna.

När han hämtat sig förde han ihop sina händer i en hälsning framför bröstet och bugade djupt. Snabbt slängde han sedan ur sig ett par rappa order till sina sköterskor som med nervösa rörelser snabbt tog bort både droppslangarna och hjärtkontrollsladdarna från patienten. De backade sedan undan likt två skrämda katter.

När Xian försiktigt ställde sig upp på ostadiga ben neg de båda sköterskorna djupt och tackade henne viskande för att hon skyddade dem mot mörkrets makter. I Kina levde fortfarande myten om de mystiska beskyddarna som skyddade de Trygga mot alla hotfulla sagoväsen. De fanns fortfarande med i de gamlas berättelser. I Kina var de alla människors beskyddare och klassades som hjältar, åtminstone när man pratade om dem runt lägereldarna på kvällarna.

Direktör Han satt vid sitt stora skrivbord och gick igenom ett kontrakt som skulle skrivas med ett lokalt byggbolag. Det var ett ständigt jobb att hålla muren i ett så pass bra skick för att den fortfarande skulle se fin och respektabel ut. Han var otroligt glad över att muren nuförtiden blivit ett turistmål. Det gjorde det så mycket lättare att få loss pengar till de viktiga renoveringar som ständigt behövde göras. Han var en man som krävde respekt, både för sitt höga ämbete, men också för sig själv som person. Han var trots allt direktör, en titel som enligt honom visade att han var bättre och viktigare än de övriga som jobbade på företaget.

När den stora dörren till hans överdådiga kontor slogs upp utan förvarning tittade han först upp med förvåning. En ung kvinna vandrade bara rakt in på hans kontor utan att hon först bett om lov, vad var det här för en fräck människa? Han röt åt henne att försvinna, annars skulle han kalla på vakten. Direktör Han var en person som var van vid att folk visade honom den respekt som hans upphöjda ställning krävde. Kvinnan var kanske galen och hade rymt från något sjukhus, hon hade ju faktiskt sjukhuskläder på sig. Direktörens hand närmade sig den dolda knapp som skulle utlösa larmet när kvinnan rappt frågade honom om statusen på muren utanför staden.

– Vilken bemanning har murarna just nu? frågade hon med en skarp ton. Det var något i hennes röst som fick Direktören att hejda sig och lite lamt haspla ur sig,

– Muren utanför Baotou är i toppskick men bemanningen på muren ligger inte på mitt bord, det är säkerhetsavdelningens personal.

Den fräcka kvinnan gick rakt fram till hans skrivbord och tog telefonen.

– Hallå där, sa direktören, det där är min telefon.

Hon tittade inte ens på honom när hon höjde handen och stoppade hans vidare protester. Hon pratade kort med någon i telefon för att sedan titta på direktören och beordra honom att köra henne till

Hohhot. Han blev rasande, först klampade den här galna kvinnan bara in på hans kontor och sedan ville hon att han skulle köra henne femton mil till Hohhot. Nu fick det vara nog! Han tog tag i kvinnan för att själv slänga ut henne. Hela hans värld snurrade plötsligt runt. Ett ögonblick senare låg han på rygg mitt i lokalen och försökte hitta andan igen, den hade han tydligen tappat mitt i uppståndelsen. Den mystiska kvinnan klev bara över honom och snappade åt sig hans bilnycklar från skrivbordets blankpolerade yta. Så fort hon lämnat kontoret kom han på fötter för att larma vakten och se till att de grep den galna kvinnan. Hon hade inte bara stulit hans bil utan också misshandlat en högre statstjänsteman. Den rackarns kvinnan kunde ruttna i något fängelse, han brydde sig inte ett skit om hur det gick för henne, bara det gick illa. När han lutade sig över det stora skrivbordet för att trycka på larmet hejdade han sig, det låg ett kort på bordet. Han lutade sig nyfiket fram och såg ett svart kort stort som ett normalt visitkort med siffran tre tryckt över en kontur av ett armborst och ett drakhuvud. Han frös till is i samma stund som han såg kortet. Herre min skapare, tänkte han, en del av den stora legenden hade varit i hans kontor och han hade burit sig åt som en idiot. Som ett resultat av denna händelse skulle direktör Han aldrig vara oförskämd mot främmande människor igen, man visste ju inte om man skulle möta någon av legenderna någon mer gång. Han tog försiktigt upp det lilla kortet och lade det i sin plånbok, det skulle få en fin ram och en hedersplats i hans bokhylla hemma i vardagsrummet. Han hade blivit rörd av en legend.

Xian körde som en rallyförare hela vägen till Hohhot och svor på klassisk mandarin större delen av sträckan. Hon hatade verkligen män som trodde de var något bara för att de fått lite ansvar. Det enda positiva med den gubben hon just lämnat var att han faktiskt hade en riktigt bra bil. Hur kunde det komma sig? En direktör som jobbar med underhåll borde inte ha råd med en Volvo 740.

Det tog bara två timmar för henne att komma till högkvarteret i Hohhot. Med en sladd stannade hon bilen utanför grinden och klev ur. Hon blev genast insläppt till chefen. Ironin i att chefen för Kinas hemligaste organisation hade ett litet brunt kontor med dålig ventilation och en sketen direktör för en renoveringsbyrå satt i ett lyxkontor gick inte Xian förbi. Hon såg mer än lovligt butter ut när chefen med en sur min bad att få en fullständig rapport om vad som hänt under deras uppdrag på andra sidan muren. Xian sträckte upp sig, slätade ut sina anletsdrag och rapporterade om vad som hänt i en enda lång utläggning. Chefen såg både orolig och irriterad ut när hon talat klart. Han såg allvarligt på henne och sa,

– Vi tar det lilla först, vi har ingen rätt att stjäla bilar från folk bara för att vi kan. Vi får heller inte misshandla folk bara för att vi vill, är det uppfattat?

Xian blev högröd i ansiktet men knep ihop munnen och nickade.

– Direktören från Baotou har ringt via Peking och önskat att få sin bil återlämnad när vi är färdiga med den. Han beklagade dessutom att han inte förstått vem han hade den stora äran att få möta.

– Sicken jädra fjäskis, väste Xian mellan sammanbitna tänder.

– Nå? Frågade chefen. Vad tycker du vi ska göra?

Xian svarade blixtsnabbt,

– Vi måste ha hjälp, min grupp förlorade två jägare och norr om oss försvann hela tremannagruppen. Vi måste kontakta London och be att få låna så många jägare vi kan. Det finns en allvarlig risk för att spetstandingarna kommer att svärma.

Chefen funderade ett ögonblick innan han svarade,

– Är det verkligen så illa? Behöver vi verkligen trycka på stora larmet för det här?

Xian nickade bara till svar. Hon hade sett sin lärare, den i hennes tycke bästa jägaren av alla, bara försvinna ner i horden av spetstandingar. Hui hade plötsligt slutat att finnas till, bara så där. Hon önskade att hon fick kura ihop i ett mörkt hörn och bara gråta, men nu stod hela Kinas framtid på spel. Sorgen skulle finnas kvar även efter att de fula spetstandingarna var borta och nerjagad i sina hålor, hon skulle gråta över sina vänner då.

Xian drog djupt efter andan innan hon svarade,

– Får vi inte hjälp inom högst en månad så kan det här i värsta
fall vara slutet för hela vår civilisation. Muren kommer att hålla ett
tag men spetstandstroll är duktiga på att gräva så till slut kommer
de lyckas krafsa sig igenom.

Chefen suckade, nickade och lyfte luren på den svarta telefonen
som stod på hans skrivbord. Han slog några siffror på den
klickande snurran.

– Koppla mig till London, tack.

Med en irriterad handrörelse viftade han åt Xian att lämna
kontoret.

5 Resan långt, långt bort

Jan spände bågen och sköt. Med en smäll for strängen fram och skickade iväg pilen mot måltavlan. Han sneglade över handen som fortfarande var kvar vid örat, lågt fem centimeter, vänster tre centimeter, tänkte han samtidigt som han drog fram sin nästa pil. Nästa satt mitt i målet, den tredje skrapade sig in precis bredvid och slog bort en fjäder på den pil som redan satt i mitten. Han log lite för sig själv, han var så gott som återställd och kände sig lättad när han såg att även siktet började komma tillbaka. Han tryckte ihop bågen lite för att stränga av den. Med en fet trasa torkade han av den för att skydda den mot fukt innan han försiktigt sköt ner den i sin väska. Plötsligt hörde han Lisa ropa,

– JAAAN, JAAAN!

Det blev tyst ett tag för att sedan följas av,

– PAPPA!

Han älskade att höra det där sista. Allt som oftast väntade han på att svara tills hon använde just det ordet.

– Ja, vad är det? ropade han till svar.

– Du har telefon, de ringer från Stockholm.

Han blev lite irriterad, de hade inte fått vara ifred särskilt mycket under tiden han varit skadad och Lisa hade fått vara ute och löst alldeles för många problem på egen hand. Han tyckte verkligen inte om att hans fjortonåriga lilla dotter fått jaga så mycket på egen hand. Vad i hela friden kunde de vilja nu då?

Han lät telefonen vänta tills han fått ut sina övningspilar ur tavlan och ställt undan träningsutrustningen. När han tog upp luren så var det med en känsla av att något riktigt dåligt hade hänt. Med en sur min tog han upp den svarta bakelitluren.

– Ja, vad för skit har träffat vilken fläkt den här gången? frågade han, onödigt buttert.

Med en neutral min lyssnade han uppmärksamt, först på en utskällning för att han varit snäsig, sedan på själva budskapet. Lisa stod bredvid och såg så där ivrigt nyfiket ut som hon alltid gjorde när hon hoppades på att hon skulle få ge sig ut i skogen igen. Ögonen gnistrade av nyfikenhet och hon stod så nära hon kunde för att försöka höra vad det var de ville. När Jan hade lagt på luren frågade hon snabbt som en oljad iller,

– Vad sa de? Vad var det som var så viktigt att det inte räckte att prata med mig? Ska vi ut i skogen igen? Är det nära? Ska vi ta bilen? Hur mycket packning ska jag ta med mig?

Frågorna fullkomligt sprutade ur henne. Med ett leende i det väderbitna och skäggstubbiga ansiktet såg han kärleksfullt på henne. Hans stora hand rufsade om håret på hennes huvud.

– Den här gången får du faktiskt packa nästan allt. Det kommer att bli en lång resa, vi ska till Kina.

Lisa hoppade som en liten studsboll av förväntan. För första gången i sitt liv skulle hon få flyga i ett flygplan.

Trumf trampade oroligt i små cirklar runt Lisa när hon packade, han visste att när hon packade alla sina väskor så skulle hon bli borta länge. Med sin blöta nos buffade han på henne med jämna mellanrum. Trumf tyckte inte om när Lisa var borta, hon var ju hans sovkompis. Naturligtvis så blev han ännu mindre glad när husse lämnade lämnade av honom på hundpensionatet. Med slokande svans stod han i buren och såg hur den vita Landrovern skumpade iväg, och den tog Lisa med sig. Han visste det naturligtvis inte men det var nog kanske lika bra att han var där, att vara hund i Kina var inte alltid säkert.

Jan och Lisa hade fått order från Stockholm om att åka direkt till flygplatsen. Enligt Stockholm fanns det helt enkelt inte tid att komma förbi kontoret och bli informerade om vad det var som hade hänt. Chefen hade varit kort i tonen när han talat med Jan i telefon,

– Åk till Peking, ni får all information ni behöver när ni är på plats.

Jans händer kramade ratten allt hårdare ju närmare Arlanda de kom, han såg allt annat än glad ut. När det parkerade bilen på långtidsparkeringen svettades han ymnigt.

Lisa såg nästan ut som en skarvunge där hon satt och vände och vred på huvudet för att hinna se allt de körde förbi. Allt inne i terminalbyggnaden var nytt för henne så Jan hade vissa problem att få henne förbi alla lockande taxfreebutiker. Gång på gång fick han vända och hämta henne. Ibland stod hon och kollade på kläder och ibland provade hon någon korkad huvudbonad. Knasiga saker som en sådan där vikingahjälm i plast eller en keps med älghorn i tyg. Hon kvittrade som en liten fågelunge samtidigt som hon pekade på än det ena och än det andra. När de checkat in skuttade Lisa som en liten hare nerför den täckta gång som gick till flygplanet. Jan släpade ovilligt efter och verkade allt mer nervös. Han såg inte det minsta glad ut när han duckade för att gå in genom dörren till det stora flygplanet.

När den stora Boeing 747an lyfte med dånande motorer kittlade det i magen på Lisa. Hela tiden satt hon med näsan tryckt mot glaset på det lilla fönstret. Hon hade aldrig flugit förut och nu skulle hon flyga över halva världen och i ett av de största flygplan som fanns. Jan var genomsvettig och likblek när planet ökade farten på startbanan och var nästan genomskinligt vit när det lyfte.

Lisa blev orolig för honom och frågade om han hade ont? Han svarade först inte alls, men stönade till slut fram,

– Det här med att flyga är inte naturligt för människor.

Hade han fått bestämma hade de åkt båt, eller gått.

– Vi borde gått istället, att gå är hälsosamt, stönade han.

Lisa såg häpet på honom,

– Menar du att den enda man i historien som fällt två kärrtroll samtidigt, som har jagat enorma bergstroll och slagits mot monster över nästan hela världen är rädd för att flyga?

Jan log spänt, nickade och muttrade fram,

– Det här är bara inte naturligt.

Hans händer kramade nästan sönder sätets armstöd.

När den första spänningen lagt sig efter någon timma så tröttnade Lisa ganska snart på att stirra ut genom det lilla fönstret. Allt såg likadant ut från så hög höjd så till slut var det helt enkelt inte så spännande längre. Hon lutade sig tillbaka och läste lite, tittade på film, läste lite till. När två timmar passerat var hon redan rastlös, nu var det bara tolv timmars flygning kvar, suck.

Planet kom så småningom fram till Kina och började manövrera inför landning på Peking International Airport. Lisa var så rastlös och uttråkad att till och med Jans nervösa uttryck roade henne. Jan å sin sida var allt annat än road, enligt honom var landningen precis lika vidrig som starten.

Från Andra trolljägardivisionen var det bara Jan och Lisa som blivit utlånade. Det hade varit meningen att Anders också skulle ha följt med men han hade i vanlig ordning lyckats smita undan. Anders var något av en specialist på att komma undan när något såg ut att bli besvärligt. Jan hade i vanlig ordning muttrat lite om lata stockholmare men sedan plötsligt ändrat inställning. Lika bra att åka själva, den där Anders skulle de i alla fall inte fått någon större användning av.

Jan som varit i Kina förut hade talat om för Lisa att det skulle ta lång tid att komma igenom tull och passkontroller. De är noga med vem de släpper in i sitt land så vi får inte sova än på länge. Nu var Lisa inte särskilt trött, hon hade sovit större delen av resan. Jan däremot hade suttit vaken hela vägen och väntat på att planet när som helst skulle ramla ner från himlen, ja, eller att något minst lika dramatiskt skulle hända. När han förklarade för Lisa hur jobbigt det skulle bli att komma in i Kina så var det nog mest för att gnälla lite. Hans pessimistiska inställning till Kinas passkontroller kom dock snart på skam. Så fort planet stannat ropade flygvärdinnan ut ett antal namn, bland annat Jans och Lisas. Alla andra fick vackert sitta kvar och vänta tills de uppropade lämnat planet. De gick rakt in i en buss som stod och väntade nedanför trappan. Till Jans stora förtret rullade bussen bara en liten bit inne på flygplatsen för att sedan stanna vid en stor helikopter.

Helikoptern var grå i färgen men saknade alla former av beteckningar i övrigt, det stod faktiskt ingenting på den.

– Nej, det kan inte vara sant, stönade Jan. Den lilla färg han fått tillbaka i ansiktet försvann igen.

Han skulle tvingas gå från ett, i hans tycke, livsfarligt flygplan till en, åter igen i hans tycke, ren dödsfälla för att ännu en gång tvingas upp i luften. Det mest onaturliga av alla element en människa kunde befinna sig i. Lisa pep av förtjusning när helikoptern lyfte rakt upp som en hiss. Jan pep inte alls, han hade fullt upp med att flytta sitt maginnehåll till en papperspåse. Den stackars jägaren spydde som en kalv.

När de svept över landskapet i flera timmar började växtligheten på marken under dem att förändras. När helikoptern lyfte från Pekings flygplats var det grönt och frodigt, nu var det glest mellan träden och gräset var brunt och såg dött ut. Lisa tyckte det började bli kallt och funderade på om de där dörrarna som fanns på båda sidor av helikoptern inte gick att stänga. Hon drog sin tunna sommarjacka tätare omkring sig och började huttra. Hon behövde inte frysa särskilt länge för ganska snart gick helikoptern in för

landning. Jan lyfte trött på huvudet när helikoptern började sakta
ner, hans ansiktsuttryck förändrades när han tittade ut och han såg
att det stod ytterligare fem helikoptrar på landningsplatsen.

 Dammet yrde runt den stora maskinen när den satte ner sina hjul
på den kala marken.
Samtidigt som de lastade ur sina väskor kom ytterligare två
helikoptrar in för att landa. Dammet yrde åter igen runt på den
stora grusplanen när de sista maskinerna landade. Hela planen
ända ut till det kraftiga staketet som omgärdade den låg i ett stort
brunt moln. Det vita lilla grindhuset som låg vid början av den
stenlagda gången hade förmodligen varit elegant i sin enkelhet.
Den vita färgen var nog tänkt att sticka ut men nu, efter allt damm
såg det mer ut som om det målats med chokladmjölk. Han skakade
på huvudet och suckade tungt, något stort hade hänt, med så här
många jägare inlånade från i princip hela världen så måste något
riktigt stort ha hänt. Frågan var bara vad? Han skulle så
småningom få reda på det och det skulle inte lyfta hans humör till
några högre höjder.

6 Damernas avdelning

När samtliga inlånade jägare till slut kommit in i det lilla grindshuset så började de delas upp i grupper, eller grupper är kanske fel att säga. Lisa, som var den enda tjejen, fick följa med en kvinna och de övriga, samtliga män, fick gå åt ett annat håll. Lisa sneglade förvånat över axeln när hon gick och undrade varför hon inte fick sova på samma ställe som Jan. Hon kände sig både blyg och osäker i den här griniga kvinnans sällskap. Med nedslagen blick valde hon därför att bara följa med kvinnan utan att fråga. Hon såg hur Jan gick uppför en bred trappa till ett vackert hus som tornade upp sig mot himlen. Själv var hon på väg uppför trappan till en grå barack. Den såg på inget sätt ut som det palatsliknande hus som Jan försvunnit in i. Hon rynkade pannan och såg allt mer förbryllad ut.

Ganska snart kom de in i en stor sal där det stod sängar i rader längst rummets väggar. Totalt var det tolv sängar i varje rum. Varje säng hade ett tillhörande grått plåtskåp som stod bredvid huvudkudden. Kvinnan som visat Lisa vägen pekade bara på en säng och grymtade något ohörbart. Lisa lyfte blygt på huvudet och vågade för första gången öppna munnen.

– Vad? frågade hon.

Kvinna vände sig om och stirrade fientligt på henne en lång stund.

– Så du kan prata i alla fall, det här är din säng, snäste hon. Bäst du tar väl hand den, det var en av våra bästa jägare som hade den före dig.

Xian hatade att ett litet rundögt flickebarn från Sverige skulle sova i Huis gamla säng. Dessutom var den här korkade ungen inte ens en jägare utan en värdelös lärling. Varför hade Stockholm skickat en oduglig lärling för att hjälpa till vid ett storlarm? Det var någonting som Xian inte kunde förstå.

Lisa såg sig om i det stora rummet. Två prydliga rader av sängar, sex på varje sida, alla med likadana sängkläder. Det konstigaste var att alla i rummet var kvinnor. Faktum var att alla som hade sin säng i den stora grå baracken var kvinnor, totalt fyrtioåtta, uppdelade på fyra rum. Lisa visste att hon var den enda tjejen som tjänstgjorde i byrån hemma. Alla andra jägare på helikoptern och även på de andra helikoptrarna var killar, eller en del var faktiskt gubbar. Här var det bara kvinnor, och en hel del flickor, hur kunde det komma sig? Hon var på vippen att fråga men den där mörkhåriga kvinnan som visat henne vägen verkade jättegrinig, hon valde att vänta till ett annat tillfälle.

Hon klädde av sig och kröp ner under täcket, sängen var stenhård. Lisa kände sig väldigt liten där hon låg och kikade ut i mörkret i det stora kalla rummet. Hon fingrade lite på guldhjärtat med den magiska stenen som hon hade i halsbandet. Jan hade sett att hon bar det men han hade inte sagt något. Det verkade som om han tyckte att det var okej att hon behöll det. Hon saknade Trumf, undrar hur han hade det? Hennes tankar hoppade runt utan att få fäste någonstans. Det tog en liten stund men till slut somnade hon.

Gryningens första bleka ljus silade in genom rutorna som satt högt upp på den grå barackens väggar. Solstrålarna ritade ett diffust mönster i det flygande dammet som hände i luften inne i baracken. Plötsligt slogs dörren upp med ett brak och en äldre kvinna i uniform kom in med smällande klackar Hon stannade mitt i rummet för att sedan blåste en fanfar i en blänkande mässingstrumpet. Lisa höll på att trilla ur sängen av överraskning när hon vaknade upp ur sin djupa sömn till tonerna av en trumpet. Hon satte sig förvirrat upp, håret stod åt alla håll och ögonen klippte förvånat när hon såg sig om. Alla andra som sovit i samma rum var redan uppe och hade börjat göra sig i ordning inför dagens arbete. Lisa slängde benen över sängkanten men sedan hände det inte mycket mer på ett tag. Hon sträckte på sig, kliade sig i det rufsiga håret, gnuggade sig i ögonen, gäspade för att sedan bestämma sig för att lägga sig en liten stund till. Hon hade precis gosat ner sig i sängens varma filtar när hela hennes säng plötsligt lyfte från golvet och välte så att kudde, täcke, madrass och naturligtvis Lisa själv for ut på golvet i en enda röra. Den sura kvinnan från igår höll fortfarande i kanten på hennes säng när hon skrek åt Lisa,

– UPPSTÄLLNING OM TRE MINUTER! SÄTT FART!

Lisa bestämde sig, när hon låg där på golvet, att den här kvinnan inte var hennes favorit, nej, ingen favorit alls faktiskt.

Tre minuter senare var det mycket riktigt uppställning, Lisa hade inte ställt upp sig i hela sitt liv så det var något nytt, inte direkt spännande men nytt. Den äldre kvinnan i uniform kom in och synade varje uppställd kvinna noga. När hon kom fram till Lisa, som förvisso hunnit bädda sin säng och klä sig men i övrigt såg ut som hej kom och hjälp, skakade hon på huvudet och med en skarp ton i rösten sa,

– Gör om, gör rätt.

Hon vände och gick med smällande klackar ut från rummet. Byrån jobbade inte riktigt på samma sätt i Kina som de gjorde i Sverige, Lisa började förstå det allt tydligare.

Under frukosten, som bara bestod av kall gröt, hamnade Lisa

återigen bredvid den sura kvinnan som vält hennes säng, hon funderade en stund innan hennes nyfikenhet tog överhand,

– Varför är det så många flickor som jobbar för byrån hos er? frågade hon.

Kvinnan tittade lite förvånat på henne innan hon svarade,

– Är det inte så här överallt?

– Nej, svarade Lisa, hemma är jag enda tjejen, alla andra är killar, eller, ja, de flesta är faktiskt gubbar.

Kvinnan höjde förvånat på ögonbrynen och hennes griniga ansikte slätades ut något.

– Jag vet inte om det har någon betydelse, men det kommer att bli ännu fler flickor i byrån här om några år. Det är nästan bara flickbebisar som lämnas in till barnhemmet nu.

Lisas ögon blev allt större av förvåning.

– Varför då?

Kvinnan svarade att det hade med Kinas politiska system att göra.

– Vi kineser håller på att bli för många, nu för tiden får varje familj bara ha ett barn. Det var många bönder som fick en flicka när de helst velat ha en pojke som arvinge. De dödade då helt enkelt flickebarnet för att få möjlighet till ett nytt barn som med lite tur blev en pojke. Byrån lyckades få Peking att godkänna att om man lämnade in sitt flickebarn till byråns barnhem istället fick familjen en chans till. Flickor som lämnades till byråns barnhem räknades inte.

De första flickorna har redan gått ett par år som lärlingar, om några år så kan vi låta de första gå ut som jägare på egen hand. När vi ändå pratar om lärlingar, vad i hela friden gör du här? frågade kvinnan, men nu utan den fientlighet i rösten som funnits där tidigare.

Lisa ryckte på axlarna och svarade med blicken i bordet att hon faktiskt inte hade en aning. Hon hade gått som lärling i två år, kanske lite mer, och blev en av dem som skickades iväg när förfrågan om hjälp kom.

– Jag är en av dem som kom när ni behövde hjälp, jag förstår inte hur det kan reta någon att jag kom för att hjälpa till?

Kvinnan såg lite fundersam ut ett ögonblick innan hon la ner sina ätpinnar och ställde sig upp.

– Jag ber om ursäkt, sa hon och sträckte fram handen, jag heter Xian och har jobbat inom byrån i snart fyrtiofem år, första femton som lärling.

Lisa såg blygt på henne och tänkte att drakbrygden fick verkligen människor att åldras långsamt, Xian såg ut att vara bara något år över tjugo.

– Det är bara det att jag var den som upptäckte att

spetstandingarna förmodligen är på väg att svärma och under det uppdraget förlorade jag min vän och lärare. Det var hennes säng du sov i. Jag kan bara inte riktigt förstå vad en lärling ska kunna hjälpa till med under den här krisen, fortsatte Xian.

Lisa visste inte vad hon skulle säga så hon frågade bara,

– spetstandingar, hur är de?

Utläggningen som Lisa fick om de mongoliska spetstandstrollen är alldeles för lång att skriva ner men i korthet berättade Xian följande: Mongoliska spetstandstroll är för att vara stäpptroll ganska små, de är ungefär en och en halv meter höga och är ganska tunna i kroppen. De har korta ben men långa armar, deras skarpa klor släpar oftast i marken. De bor i stora kolonier under marken, i gångar och grottor som de gräver, de rackarna gräver hela tiden. De är bruna i färgen men kan skifta mellan mörkbrun och ljusare färger. Det ser ut som om de har hår på sina breda huvuden men det är en typ av taggar som spretar åt alla håll, ungefär av samma typ som på ett piggsvin. Det är de taggarna som gör att det rasslar om dem när de springer och är de riktigt ilskna kan de skaka på taggarna så att det låter som en skallerorm i jätteformat. De har stora svarta ögon som gör att de nästan ser sorgsna ut och en bred mun och näsa. Deras svans är kal och smal men med en liten taggboll längst ut på toppen. Till skillnad från de flesta andra typer av troll så tror vi att honan kan flyga en kort tid under svärmningen.

Vi tror att hon har någon typ av tunna, svarta vingar som hon tappar när hon väl hittat en bra plats för sitt näste. Svärmning är när trollen ska sprida sig och skickar iväg en hona för att bilda en ny koloni. Tänk dig svartmyror. De kryper på marken och gräver sina gångar men en gång per år så flyger massor av flygmyror ut för att starta nya kolonier. Ungefär likadant tror vi att det är med spetstandstroll. De svärmar dock bara vart femhundra år och det är bara en hona som lämnar nästet. Normalt brukar spetstandingarna inte vara något stort problem men när de svärmar så kan det bli rena katastrofen. Viktigast av allt, honan får inte slå sig ner innanför muren, det vore slutet för de Trygga i Kina.
Xian tittade på Lisa och klappade henne på axeln, något för hårt.
– Ät nu så ska jag visa dig träningsplatsen.

Lisa och Xian stod klädda i sina rustningar ute vid träningsplanen en timme senare. Där i morgonsolen kunde inte Lisa undgå att se hur annorlunda Xians rustning var i jämförelse med hennes egen. Lisas var gjord av vitt drakskinn från europeisk eldsdrake. Utanpå skinnet satt det en tät matta av gyllene ringar, de gnistrade och blänkte i solskenet. Hon hade en huva i samma typ av material och ett par vita stövlar som också var i vitt drakskinn, de nådde henne över knäna.

 Runt midjan hade hon ett brett bälte med ett par smalare remmar som gick över axlarna och satt i kors över bröstet. Hon hade två svärd, ett större och ett mindre, de satt på ryggen och stack upp bakom hennes axlar. Hela hon gnistrade och blixtrade i solljuset. I handen höll hon sin båge och på vänster höft satt ett koger med tre pilar. Xian å andra sidan var klädd i en svart, lång, rak tingest som i princip bara var ett rakt drakskinn med ett hål för huvudet. Skinnet var från en kinesisk ormdrake på vilken mängder av små svarta stålplattor var fastsydda. Xian trädde det helt enkelt över huvudet och satte ett tygskärp runt midjan. Det hängde då ner och skyddade fram och baksida. När hon dragit på sig det plagget tog hon ett par lösa ärmar som hon trädde på armarna och spände fast vid axlarna, en i taget. På fötterna hade hon faktiskt liknande stövlar som Lisa men precis som resten av hennes rustning var de kolsvarta. Hon hade ett långt, lätt böjt svärd vid sin högra sida och på andra sidan satt ett stort koger som innehöll ett dussin korta, tjocka pilar som passade till det armborst hon höll i handen. Lisa hade sett dessa pilar tidigare på dagen. Hon tyckte de var fula och klumpiga i jämförelse med hennes egna pilar. På huvudet hade Xian en konstig stålkrans där tre ståltungor gick upp från pannan och böjde sig så att de följde hennes huvud. Den ståltunga som satt i mitten fortsatte dessutom nedåt och täckte hennes näsa. Även kransen var helt svart. När Xian var klar tittade hon på Lisa med en rynka av ogillande över näsan,

– Ser alla flickor ut så där hemma hos er?

Lisa svarade att hon inte hade en aning, det var ju liksom bara hon som var tjej där hemma.

När de båda kom ut på träningsplatsen såg Lisa att den var ganska lik den de själva hade i källaren men den här platsen var mycket större. Det var säkert femton flickor på plats och de tränade på allt från svärdsfäktning till att skjuta med de där märkliga armborsten. Samtliga flickor hade likadan utrustning som Xian. En del hade en stålkrans på huvudet, andra var barhuvade. Hon tyckte sig kunna se att de som inte bar en huvudkrans höll sig lite för sig själva när de tränade. Lisa var tvungen att fråga om alla flickorna höll på att träna till jägare, de var ju jättemånga. Med en ogillande blick bort över övningsfältet mot de barhuvade flickorna svarade Xian,

– De flesta blir bara vakter som ska bemanna muren, andra klassens vidsynta som inte duger till jägare. Ungefär som färska lärlingar, tillade hon lite elakt.

Lisa såg lite sårad ut men valde att inte svara. I sin vita och guldglänsande rustning såg Lisa ut som en mycket annorlunda fågel ibland de andra flickorna. På håll såg det ut som en vit duva i en flock med svarta kråkor.

Xian pekade på ett par lediga skjutbanor med en frågande blick,
– Ska vi? frågade hon.

Lisa strängade sin båge, hon var ganska bra på att skjuta med pilbåge. Inte lika bra som Jan, men ganska bra. Hon fokuserade på måltavlan, lyfte och drog. Pilen tog en halv handsbredd lågt men annars mitt i. Nästa två pilar tog något bättre. På femtio stegs håll kunde hon för det mesta träffa en yta stor som en handflata. Hon log när hon såg hur pilarna tagit. De satt ungefär som hon hoppats. När hon tänkt gå fram och dra ut pilarna så hördes ett hårt smällande ljud från Xians håll och en kort, kraftig pil borrade sig in i tavlans mitt, efter en liten stund ytterligare en för att sedan avslutas med en tredje som knuffade de två första lite åt sidan för att få plats mitt i mellan. Xian log för sig själv, det där skulle väl lära spolingen något. Hennes armborst brummade lågt när den automatiska uppspännaren jobbade för att få strängen tillbaka i spärrhaken. Hon tryckte frånvarande på en liten röd knapp och långsamt började uppspännaren släppa av på strängen igen. Lisas tre betydligt längre pilar satt nära mitten men Xians korta satt precis mitt i. De satt faktiskt så tätt i mitten att man inte såg mittpunkten längre. Det var mycket prestige i att träffa närmast mitten. Ett armborst tar mycket längre tid att ladda men när man väl skjuter så är det lite lättare att sikta. Hade Lisa bara tänkt på att be om en snabbskjutning så hade hon vunnit med lätthet. Hon kunde få iväg samtliga sin tre pilar under samma tid som det tog Xian att få iväg en enda. Xian blev om möjligt ännu mindre favorit hos Lisa efter skyttet än vad varit tidigare.

När de sedan gick vidare till hinderbanorna log Xian lite elakt och tänkte att det var inte helt fel att få platta till den här rundögda lärlingen. Hon tyckte inte att Lisa hade någon anledning att vara i Kina nu när den stora katastrofen kunde inträffa när som helst. Var det en svärmning de hade fått på halsen så skulle en lärling bara i vägen. Xian hade rekordet på att snabbast ta sig igenom hinderbanan. Lisa såg att den här hinderbanan var byggd på ungefär samma sätt som deras egen där hemma. Den var förvisso längre men hindren var desamma, bara ytterligare några stycken som lagts till. Hennes självförtroende steg, hinderbanan var det enda hon alltid slog Jan i, att klättra i hinderbanan var hon banne mig riktigt bra på. Hon lade huvudet lite på sned och liksom tittade ut en väg som hon skulle ta. Hon visste att hon var bra på det här, riktigt bra. Hon tog ett djupt andetag och skulle precis sätta fart när Xian plötsligt hindrade henne,

– Jag först, se och lär, det är trots allt det en lärling ska göra.

Med ett snabbt hopp in i hinderbanan klängde och klättrade Xian genom hinder efter hinder för att till slut stå på andra sidan. Några av de yngre flickorna hade stannat upp i sin träning och tittade på Xian när hon krängde sig igenom det sista hindret. Ett par av dem började till och med spontant att applådera Xians imponerande uppvisning i hinderbanan. Lisa fick börja om, Hon lade åter huvudet på sned och tittade ut en väg. Det såg lite roligt ut och hon hade ingen aning om att hon lade huvudet på sned, det blev liksom bara så. Hennes ögon smalnade när hon i tankarna valde den väg hon skulle ta. Hon tittade från hinder till hinder och log lite i smyg, det här skulle bli kul. Plötsligt satte hon fart och for fram som en blixt. Med en ström av hopp från en stolpe till en annan, hon slog volter genom de trånga passagerna, slängande sig fram som en liten apa. I det starka solljuset var det som om en liten brinnande flamma studsat fram i hinderbanan. Hennes rustning gnistrade och blänkte. Det tog inte lång stund innan hon efter en elegant sista volt landade bredvid Xian på andra sidan av hinderbanan. Lisa vände sig om och blängde missnöjt tillbaka på banan, hon hade varit tvungen att använda ena handen tre gånger för att svinga sig igenom vissa delar. Hon brukade normalt klara banan hemma utan att använda händerna alls. Plötsligt upptäckte hon att det är alldeles tyst omkring henne. När hon oroligt såg sig omkring stod de andra flickorna och bara stirrade. Plötsligt och överraskande utbrast ett vilt hurrande och de yngre flickorna rusade fram till henne och började ivrigt fråga hur hon lyckats att ta sig igenom den svåraste hinderbanan på bara en bråkdel av den tid det tog för Xian. En ung lärling på kanske tolv, tretton år sa att det såg ut som om Lisa flög, det hade varit fantastiskt att se, kunde hon kanske få en chans att lära sig att klättra så?

Xian spottade surt i gruset och grymtade något ohörbart, hennes rekord på stora hinderbanan hade blivit slaget, eller, inte slaget, snarare krossat, och det av en liten lärling, skit också. Hon slängde upp sitt armborst på ryggen och gick klampande därifrån, inte mot förläggningen utan mot det stora huset där chefen höll till. Hon skulle ställa som krav att hon skulle slippa vara dadda åt den här lilla svenska lärlingen. Hon var trots allt en jägare, fjärrspanare till och med, och inte någon barnflicka. Någon annan skulle få det tveksamma nöjet att dadda den här lilla lockhåriga ungen. Hon tänkte kräva att få följa med på nästa uppdrag utanför muren. Hon tänkte se till att de vidriga, rasslande uslingarna till troll fick betala för vad de gjort med hennes vänner. I sin iver att komma fram till chefens kontor sprang hon nästan omkull en av de inlånade jägarna när hon rundade sista hörnet. Hon hörde hans förvånade utrop men valde medvetet att inte stanna eller ursäkta sig. Män, fnös hon för sig själv, De är banne mig alltid i vägen. Hon funderade ilsket ett ögonblick innan hon lade till, och lärlingar. Män och lärlingar är alltid i vägen.

7 Herrarnas avdelning

Jan följde med den övriga gruppen av manliga jägare in i ett stort hus som kröntes av en skylt med en svart trea på en röd botten där ett armborst och ett drakhuvud syntes i relief. När de kom in i vad som såg ut som en blandning av ett lyxhotell och ett högkvarter för militärer tilldelades varje jägare ett eget rum. En anställd på hotellet, eller vad huset nu var, gav Jan en nyckel och meddelade att han kunde lämna sitt bagage vid disken så skulle det skickas upp till rummet. Jan såg sig omkring i den stora hallen. Den var smyckad med konst i jätteformat på samtliga väggar och fyra stora stenpelare gick från golv till tak. En blankpolerad disk där personal alltid fanns tillgänglig för att passa upp på gästerna sträckte sig längs ena väggen, säkert tjugo meter lång. Jan släntrade in i den mässingsklädda hissen och tryckte på knappen för våning fem. Han delade hiss med Josh Jones från 41:a divisionen. De hade träffats förut, när Jan varit utlånad till 41:a.

– What's up? Frågade Josh.

– Inte så mycket, svarade Jan, men vi får väl veta vid genomgången i morgon vad det är som har hänt här. Något stort måste vara på gång i alla fall.

Josh nickade och undslapp sig ett,

– Yupp, samtidigt som dörrarna till hissen tyst gled upp och Jan
klev ur.

Rummet som Jan tilldelats var stort och med en rejäl dubbelsäng,
tv och en liten kyl med diverse drycker. Det var helt enkelt som ett
finare hotellrum med både dusch och toalett. När han lutade sig
tillbaka i den mjuka sängen tänkte han på Lisa, hon måste älska det
här. Hon ville ju så gärna bo på hotell någon gång och nu fick hon
äntligen det. Det här måste dessutom räknas som lyxhotell. Han
blundade och somnade gott i den stora, mjuka sängen. Han sov
länge.

När han vaknade stod redan en härlig frukost vid sängen. Varmt
kaffe, juice och smörgåsar med ägg och bacon. Han satt kvar i
sängen och njöt av sin angenäma frukost i fulla drag. Jan hade haft
lättare att njuta av livet på senare tid. Det var sedan han fått reda
på att han faktiskt var pappa på riktigt, inte bara pappa till en
flicka, utan till världens mest underbara och bästa flicka. Förvånat
tittade han upp när det plötsligt blev ett himla liv ute på
övningsplatsen, han klippte med ögonen och sträckte på sig, han
måste ha somnat om och blivit väckt av oljudet. Han kastade
benen över sängkanten och släntrade fram till fönstret. Utsikten
över anläggningen var slående, i fjärran låg muren och rakt
nedanför hans fönster låg den stora övningsplanen. Lisa stod långt

där nere och var omgiven av en stor grupp med flickor som jublade åt henne. Han log, hon hade tydligen redan skaffat sig vänner i Kina. Han sträckte på sig och gav ifrån sig ett gnyende ljud, lite som en katt. Det var dags att gå ner till samlingssalen för att få lite information om vad det var som hade hänt.

Nere i den stora samlingssalen hade redan de flesta andra inlånade jägarna samlats och börjat sätta sig. De samtalade mumlande med varandra under tiden som de väntade på att chefen skulle komma in och berätta vad det var som krävt denna stora uppslutning från världens alla hörn. Jan som inte var av den mest sällskapliga sorten mulnade när han insåg att han faktiskt var tvungen att sitta bredvid någon annan. Han satte sig på en kant för att i alla fall bara ha en människa bredvid sig. Josh Jones som kände Jan sedan tidigare löste problemet genom att sätta sig bredvid honom utan att göra något annat än att nicka till hälsning.

Chefen kom in i lokalen och gick upp på podiet precis klockan 12:00. Den kinesiska chefen alltså, inte chefen i Stockholm, de är lite fantasilösa när det kommer till att ge bossarna namn inom byrån. Han började genast med att berätta vad det var som hänt den senaste tiden. Det som var mest oroväckande var att byrån faktiskt förlorat flera ganska duktiga jägare på det senaste uppdraget. Chefen berättade att byrån hade fått uppgifter om att det varit problem men några mystiska nattvarelser som stulit en större mängd får från herdarna ute i den karga klyftan framför muren. Han hade skickat ut två grupper, en från Baotou och en längre norr ut. Båda grupperna hade fått till uppgift att jaga och fälla en mindre grupp odjur. Det hade enligt rapporterna verkat vara fyra eller fem bestar i varje grupp. Första gruppen jägare hade man överhuvudtaget inte fått någon mer kontakt med efter första natten, de hade avskrivits som saknade. Från den andra gruppen hade en överlevare lyckats ta sig tillbaka innanför muren för att rapportera om den katastrof som börjat gro ute i dalgången. Nu visste man att de två tremannagrupperna skickats i gapet på minst två till trehundra troll. Men en syrlig min lade han till,

— Det var förvisso inte någon av våra absolut bästa jägare som ingått i de båda grupperna, men det var ju naturligtvis ändå tragiskt.

När så stora grupper av spettstandstroll rörde sig tillsammans så var det ett tydligt tecken på att det var en svärmning på gång. Enligt den gamla krönikan hade nästan hela Kinas befolkning gått åt förra gången de rackarns spetstandingarna svärmade. Byrån hade bestämt sig för att låna in en mängd jägare för att jaga och dräpa så många av dessa troll som möjligt. Det skulle inte bli något levande kvar utanför muren om dessa horder fick finnas kvar.

Skulle en hona lyckas ta sig in över muren så kunde det till och med vara slutet för Kina. Detta var den viktigaste uppgiften för de inlånade jägarna, skulle en hona lämna nästet så fick hon på inga villkor lyckas ta sig in över muren. Han höjde handen och önskade samtliga i salen lycka till, och tillade att de helikoptrar som stod utanför byggnaden skulle tilldelas två jägare var. Lyckades man inte fälla drottningen från marken så var det de helikopterburna jägarna som fick försöka fälla henne från luften. Jan bleknade först men blev lite lugnare när chefen fortsatte med att det måste vara vana armborstskyttar ombord, vanliga pilar från pilbåge skulle störas för mycket av rotorbladens vinddrag. De stora helikoptrarna hade helt enkelt utrustats med två kraftigt överdimensionerade armborst som monterats i dörröppningarna. Något chefen totalt misslyckades med att få gruppen att förstå var att det enligt den gamla krönikan fanns en stor risk att drottningen kunde flyga.

– Klä om mina herrar, vi möts ute på planen om två timmar, ropade chefen efter jägarna när de gick.

Jan tog chansen innan de skulle iväg och kilade över till övningsplanen för att höra med Lisa hur det gick för henne. Han gnolade muntert för sig själv när han rundade hörnet på den stora huvudbyggnaden. Plötsligt blev han nästan nedsprungen av en tvär-sur kvinnlig jägare i full rustning. Han stirrade undrande efter henne när hon ilsket stampade vidare mot chefens kontor.

Hoppla, tänkte han, den där hade alla taggar ute samtidigt.

Han gick vidare mot övningsplanen där han såg att Lisa
fortfarande var kvar. Hon såg honom komma och började först
springa mot honom i full fart. Ganska snart sänkte hon dock farten
samtidigt som hon slängde en blick över axeln mot de andra
flickorna. Släntrande, som om han inte var viktig alls, kom hon så
småningom mot honom. I de andras ögon var han ju bara hennes
lärare. När de gick utmed kanten av banan frågade han hur hon
trivdes på rummet? Han sa det med en munter ton och med
nyfikenhet i blicken. Han ville höra hur fint hon tyckte att allt var.
Lisa tvärstannade och tittade först förvånat och sedan med stigande
irritation på honom. Snäsigt fräste hon,

– Rummet är en stor jäkla sal, jag sover tillsammans med elva
andra flickor och vi blir väckt med en jäkla trumpet! En trumpet,
fattar du? Frukosten var kall gröt som vi åt i en gråmålad sal.
Hennes ögon smalnade när hon väsande frågade,

– Vad då? Har du fått ett eget rum?
Han rodnade när han stammande svarade,

– Nej, nej, jag bor i det andra huset och det ser precis likadant ut.
Bara långa rader med sängar och snarkande män.
Han skruvade på sig och började intensivt studera ett litet träd som

växte bredvid stigen. Lisa såg med misstänksamhet i blicken på honom när hon frågade,

– Hur väcktes du då?

Hon visste det inte men hon hade precis gett Jan en utväg ur lögnen, han svarade,

– Åh, jag väcktes av ett himla oväsen, det var helt omöjligt att sova vidare.

Han tänkte på allt hurrande han hört från övningsplanen. Att han först ätit frukost i sin stora mjuka säng, i sitt alldeles egna rum, samtidigt som han tittade på TV, lämnade han utanför förklaringen.

– Jaha, sa han, jag måste kila in och sätta på mig rustningen. Vi ska ge oss iväg om en timme.

Lisa såg både förvånad och oroad ut.

– Vi har inte fått reda på någonting, ska jag också med?

Hon ville inte att Jan skulle åka utan henne för hon var rädd att han skulle råka illa ut. När man tänkte på det så var det lite komiskt, Jan hade klarat sig alldeles utmärkt i nästan tvåhundra år innan lilla Lisa blev hans lärling. Det var nog snarare hans jobb att oroa sig för henne, inte tvärtom. Han klappade henne roat på huvudet och skrockade,

– Nej, du får nog stanna kvar tills du får ett eget uppdrag.

8 Avfärd mot ofärd

Till Jans stora fasa var det var meningen att de stora helikoptrarna av typen Z-9 skulle vara deras färdmedel ut till jaktplatsen. Josh kom upp bredvid honom på den stora grusplanen och visslade till.

 – Sprillans nya, sa han. Visste du att de här kärrorna inte ens tilldelats deras egen militär ännu? Byrån har lagt beslag på samtliga än så länge. Det är visst inte förrän om två år som deras egen armé får tillgång till sådana här maskiner.

Jan tittade förvånat på honom, han brydde sig inte det minsta om vilken typ av flygmaskin han skulle sitta i, han avskydde att flyga oavsett maskin. Han kunde inte förstå vad det var för fel i att gå till fots. En rejäl promenad var bara bra för kroppen och dessutom var det helt naturligt för en människa att gå med fötterna på marken.

Byrån hade delat in jägarna i grupper om tre, det var så man arbetade i Kina: en infödd som guide och två inlånade i varje grupp. Jan hamnade i grupp fyra tillsammans med Josh och en lokal jägare vid namn Cheng. Josh var nästan lika lång som Jan men lite rundare i kroppen, Cheng var betydligt kortare och smalare, han hade mörkt hår och såg hård ut. Hans ögon följde vaksamt allt som hände runt omkring dem. Jan insåg att skulle de

behöva förflytta sig långa sträckor till fots skulle Cheng hänga
med bra, Josh skulle inte hänga med alls. Han var amerikan, de
åkte mest bil när de patrullerade.

De stora helikoptrarna lyfte med ett dån en efter en för att sedan
försvinna i ett moln av damm i olika riktningar. Josh studerade
ingående ett av de stora armborsten som satt monterade vid de
öppna dörrarna, en vid varje dörr. Jan hade blicken fäst mot botten
på den papperspåse han just nu tömde sitt maginnehåll i, han
hatade verkligen att flyga. Flygplan var ett rent elände men
helikopter, jösses, för Jan var en helikopter en riktig mardröm.
Hade han tittat ut genom den öppna dörren istället för att glo ner i
en påse hade han sett en liten vitklädd figur komma rusande med
flaxande armar.

Lisa hade blivit ordentligt orolig när Jan berättat att han och en del
av de andra jägarna skulle ge sig i väg utanför muren under
kvällen. Hon hade försökt att lista ut på egen hand hur stora
riskerna var men det var inte så lätt. Hon visste helt enkelt för lite
om mongoliska spetstandstroll. Det grämde henne något förfärligt
men skulle hon få svar så var hon tvungen att fråga någon. Hon var
tvungen att fråga den där tjuriga Xian. Hon gick tillbaka till den
sovsal som hon hade sin utrustning i. Det var ju faktiskt där även

Xian hade sovit förra natten. Hennes förhoppning var att den tjuriga jägaren skulle vara vid sin säng. Hur hon än letade så hittade hon henne inte. Vart i hela friden hade den där truliga kvinnan tagit vägen? När hon hade vänt och var på väg ut ur salen igen kom plötsligt en sådan där konstig huvudkrans flygande in genom dörren. Den träffade ett av plåtskåpen med ett skramlande ljud. Innan Lisa hann hämta sig kom en synnerligen upprörd Xian instormande i rummet. Hon kastade sitt armborst på sängen så att det studsade och hon skrek rakt ut,

– Idiot, vilken jubelidiot.

Lisa stirrade förskräckt på henne, det gjorde för övrigt alla andra som var i salen också.

– Vem? frågade Lisa, men så tyst att Xian inte hörde henne. Hon fick ta i lite mer när hon frågade igen,

– Vem är det som är en idiot?

Xian vänder sig om med ilsket gnistrande ögon och en svart uppsyn i ansiktet.

– Chefen, det nötet ska skicka iväg alla manliga jägare, vi får vara kvar och vakta muren. Ooooh, vilken dåre, frustade hon. Han har inte en aning om hur illa det är utanför muren, vi får hoppas att någon av dem lyckas komma tillbaka. Som jag ser det så har de en enkel resa framför sig, de kommer inte att komma i retur.

Lisa bleknade, hennes ögon tårades när hon insåg vad det var som

Xian menade, Jan och de andra skulle inte komma tillbaka om de gav sig av, de skulle åka rakt in i en fälla. Hon måste följa med, Jan fick säga vad han ville men hon måste helt enkelt med. Aldrig att hon tänkte se honom försvinna för att kanske aldrig återvända, aldrig. Hon tog ett par tveksamma steg på stället som om kroppen börjat agera innan huvudet bestämt vart den skulle. Plötsligt reagerade hon och kastade sig mot sitt skåp.

Hon slet upp dörren och ryckte åt sig sina tre riktiga pilar, vände sig om och sprang så fort benen kunde bära henne. Borta vid den stora gårdsplanen ökade motordånet från helikoptrarna. Damm förmörkade himlen i väntan på att de stora grå maskinerna skulle kasta sig upp i luften. Hon fullkomligt flög fram över marken men det hjälpte inte, en efter en lyfte de dånande maskinerna och försvann. När hon rundade det sista hörnet på det stora huset såg hon hur den sista av helikoptrarna lutade nosen neråt och vräkte sig upp i luften. Den lämnade ett virvlande dammoln efter sig när den lyfte och försvann. Hon flaxade med armarna och försökte se sin pappas ansikte i någon av de grå flygmaskinerna men hon såg honom inte, hon såg honom inte hur hon än försökte.

Hon stirrade maktlöst efter den sista maskinen när den försvann i fjärran, det var tre timmar tills det blev mörkt och sedan skulle trollen komma fram. Hon skakade i kroppen och tårarna rann nerför hennes ansikte. Xian hann upp henne när hon med rinnande tårar stod och såg efter den sista maskinen. Xian var inte ett dugg imponerad av en liten lärling som inte kunde behärska sig.

– Vad i hela friden tror du att du håller på med? skrek hon när hon kom inom hörhåll. Tror du att det skulle göra någon skillnad om en till följde med? De där karlarna blir trollkäk när natten faller, fattar du inte det? Du kan redan nu börja leta efter en ny lärare, din gamla kan du glömma, fattar du? Han kommer aldrig att komma tillbaka, aldrig någonsin, inte en chans. Ingen av dem kommer tillbaka.

Lisa vände sig om, hon var likblek i ansiktet, hennes kinder var fuktiga av tårar. Hon sa med svag röst,

– Han är inte bara min lärare, hennes röst sjönk så det sista knappt blev hörbart, han är min pappa.

Hennes ben vek sig och hon satte sig ner på grusgången och grät. Hon drog ihop sig som en liten boll och gömde ansiktet mot knäna. Hela hennes lilla kropp skakade i snyftningar. Xian reagerade som om hon fått en örfil. Allt hon vräkt ur sig hade naturligtvis varit sant men hon ångrade att hon sagt något alls. Hon skämdes för sitt klumpiga sätt sa och med en mjukare röst,

– Det kan gå bra, håller de sig bara i luften så ska det inte vara någon fara. Kom, vi går tillbaka, vi ska också jobba snart.

Med en utsträckt hand drog hon upp Lisa på fötter igen, långsamt började de gå tillbaka mot baracken.

Hon höll en arm om Lisas axlar när de gick tillbaka till sin förläggning.

– Hur kommer det sig att du får jobba med din pappa, frågade hon med både nyfikenhet och förvåning i rösten.

Lisa snörvlade och torkade argt bort tårarna från ansiktet.

– Det var ingen som visste något, inte ens vi själva från början. Jag hade ett brev som var från min pappa, det var skrivet när jag föddes, men det stod inga namn i det. Det var först när Jan efter två år råkade se brevet som han förstod hur det stod till. Vi har inte sagt något till någon förut, du är den första som fått reda på det. Det är faktiskt inte en enda människa mer än du som vet.

Xian suckade djupt, det är svårt att tycka illa om någon som är helt ärlig och öppen om sina djupaste hemligheter. Hon tog ett djupt andetag, med en viljeansträngning lugnade hon ner sig.

– Er hemlighet är säker hos mig, viskade hon.

Hon hade redan börjat planera hur en eventuell räddningsoperation skulle gå till.

– Vi får se, kanske kommer de tillbaka redan i kväll, sa hon och klappade Lisa över ryggen.

I ett moln av det vanliga bruna dammet landade den stora
helikoptern på en liten höjd mitt ute i ingenstans. Allt runt omkring
dem var i olika nyanser av brunt, marken, gräset, klipporna,
allting. När de tre jägarna hoppat ur ökade genast motordånet och
helikoptern kastade sig upp i luften igen. Den girade och försvann
i samma riktning som den kommit. De tre jägarna hukade sig när
dammet yrde omkring dem. När den stora maskinen försvunnit
spanade de åt var sitt håll för att kontrollera att de förbaskade
trollen inte lockats dit av motordånet, ingen av dem såg något som
skvallrade om att det fanns några faror i närheten. Kusten verkade
vara klar. Den infödde jägaren nickade bara kort åt det håll de
skulle gå och gruppen började smyga ner från kullen och in i
skuggorna som täckte dalens botten. Klipporna reste sig som
spöklika jättar omkring dem och skuggorna sträckte sina spetsiga
tänder ut över den platta, dammiga botten av dalen. Plötsligt
gjorde den lille mannen i täten ett tecken med handen. Gruppen
drog sig samman med ryggarna mot varandra. De väntade i tystnad
på vad det nu var deras guide hade upptäckt. Ett rasslade ljud från
dalens mörkare delar hördes, först svagt, sedan allt starkare. De
strängade lugnt sina bågar och väntade. Den inhemske jägaren
kontrollerade sitt armborst och hukade sig lite i väntan på att
trollen skulle visa sig. När de första fula bestarna blev synliga i det
disiga ljuset flög pilarna med ett väsande iväg. Varje pil träffade

ett mål men de fula bestarna var helt enkelt för många. De tre jägarna drog sina blanka och mycket skarpa klingor och gjorde sig beredda på att ta emot horden. Det här var skickliga män, några av de bästa som fanns inom byrån. Hugg efter hugg dräpte troll men de var som sagt för många. De tre jägarna backade långsamt uppför sluttningen igen men nu var hela kullen omringad. De hemska spetstandingarna slöt sig kring gruppen från alla håll. Deras blodtörst gick inte att dämpa. Jägarnas förtvivlade skrik hördes några korta ögonblick innan rasslet från den mörka horden åter var det enda ljud som hördes i dalen. När de fördömda trollen till slut drog sig in i skuggorna igen blev det helt tyst i dalen. Endast några mörka fläckar i dammet visade att något fruktansvärt hade hänt i den lugna dalen.

Lisa satt på sin säng och hulkade, hon var lite lugnare nu men Xians ord hade skrämt upp henne så till den milda grad att hon var säker på att det skulle gå helt åt pipan den här gången. Plötsligt flämtade hon till, något hade hänt, något hemskt, hon var säker på att något fruktansvärt inträffat, hon kände det på sig. I samma ögonblick kom den äldre damen in och började beordra ut flickorna på muren. Samtliga flickor, utom Lisa fick i uppdrag att vakta muren och den stora porten. De blev utposterade två och två så att de täckte hela muren från bergssida till bergssida. Lisa fick inget uppdrag alls. Hon väntade tills damen lämnat salen innan hon gick bort till Xian och frågade vad hon förväntades göra.

– Det är så här, förklarade Xian, vi låter inte lärlingar utföra riktigt jobb, en lärling ska träna och lära sig. Du får helt enkelt gå till övningsplatsen och träna, det blir din uppgift under kvällen. Lisa suckade och strosade ut ur salen, Xian såg efter henne,

– Men vad nu? muttrade hon. Hittade inte rundögat till övningsplanen ens en gång?

Hon hade sett hur Lisa vikit av bort mot muren istället för att gå mot övningsplanen. Hon suckade trött, tog sina grejor och följde efter. Vart tog den där lilla lärlingen vägen nu då? Xian kisade längs vägen mot muren men såg inte till Lisa någonstans. Förvånat vände hon på huvudet och spanade åt båda hållen. Ingen människa kan ju bara försvinna. Jo, det är klart att de kan, men inte på den här sidan av muren. Hon hade verkligen inte tid med det här, de andra var redan på väg till sina poster. Xian slängde en sista blick över axeln när hon gick. Jaja, det är ju inte så att hon kan hamna på fel sida av muren, och på den här sidan är det än så länge tryggt, tänkte hon.

Lisa gick och funderade längs den stora mörka muren. Ytan på muren var skrovlig men ovanligt slät för att vara gjord av tegelstenar. När det varit ljust hade hela muren sett röd ut men nu var den nästan helt svart i månljuset. Plötsligt kom hon fram till ett av vakttornen, de var så stora att muren fått byggas kraftigare redan nerifrån marken. Vid varje vakttorn stack det ut en rak linje flera meter, det var som om ett helt hus byggts rakt igenom muren. Det var ett perfekt hörn, ljuset nådde inte riktigt ända in i hörnet så det var helt svart längst inne i hörnet.

Fyra meter upp på det stora tornet stack ändarna av grova stockar ut ur väggen. Dessa var egentligen till för att hålla golvet på plats inne i det nedersta rummet men ändarna stack ut en bit på utsidan. Lisa backade några steg och lade huvudet lite på sned. Plötsligt satte hon fart in i hörnet och tog sats mot ena väggen, nästa steg mot den andra. Hon sprang på så sätt uppför väggen ända upp till de kraftiga stockarna. Hon avslutade med en volt bort från väggen och landade på den närmaste stocken. Med några lätta skutt mellan de utstickande trästumparna förflyttade hon sig så att hon till slut kunde sätta sig på den mittersta. Hon ville vara för sig själv en stund och här uppe skulle ingen störa henne. Vad skulle hon göra? Hon var säker på att Jan var i fara, men hon visste inte var han var. Det var ju inte så att hon bara kunde strosa ut utanför muren och börja leta, det var alldeles för stort område för att hon skulle hitta honom. (Hon hade alldeles rätt i att det var ett stort område utanför muren, hela Gobiöknen låg ju där). Hennes gyllene ringar i brynjan glittrade i det bleka månskenet. Med en liten snyftning drog i den dinglande ringen vid halsen så att huvan fälldes upp. Den åkte upp och täckte hennes huvud med ett svagt rasslande.. Där satt hon, den lilla, och grät utan att kunna hindra det.

Xian kände sig som om hon blivit förolämpad, hon var trolljägare och inte murvakt, hon borde inte gå uppe på muren och glo ut i mörkret. Hon hade en av de vanliga vakterna till hjälp, de som hon normalt inte brukade hälsa på, andra klassens vidsynta. Den stackars vakten som fått Xian i sitt torn stod som en tennsoldat och spanade ut i mörkret, hon kände att hennes förstärkning inte gillade att vara tillsammans med henne och gjorde sitt bästa för att inte störa. När Xian rastlöst började vandra av och an på den stora plattformen så stod hon plötsligt vid bröstvärnet som vette in mot Baotou, hon häpnade när hon såg någon sitta på en av ändarna av golvstockarna högt över marken. Vem det var hade hon inga problem med att se, det fanns bara en i den här förläggningen som hade en vit rustning.

– Men, hur i hela friden? stönade hon.

Månen gick långsamt över himlen och natten förflöt utan att något hände. Xian ville bara att passet skulle ta slut. Hon var tvungen att få reda på hur den där lilla lärlingen, vad var det hon hette? just det, Lisa, hade lyckats komma flera meter upp på väggen. Kunde den fåniga lilla lärlingen ta sig upp på muren utan att gå genom vakten kunde Xian ha användning av henne. En plan för hämnd på de förbaskade spetstandingarna började långsamt ta form i hennes huvud.

9 Rymningen

Lisa hade precis somnat när någon försiktigt petade henne på axeln. Hon mumlade något ohörbart under täcket och vände sig om. Xian försökte igen,

– Psst, vakna, vi ska dra, kom igen.

Hon ruskade om Lisa lite hårdare och tog ett försiktigt steg tillbaka. Hennes ögon läste snabbt av salen för att se om någon av de andra märkt någonting. Lisa blinkade och kikade upp ur bädden med förvånade, sömndruckna ögon.

– Va, vad? Vad är det som händer? Vad vill du? Mumlade hon sömnigt.

Xian hyschade åt henne och förklarade viskande,

– Ta med dig dina grejor, vi ska ut till andra sidan av muren. Jag ska försöka hjälpa dig att hitta din pappa. Helikoptrarna har kommit tillbaka, de hade inte med sig några jägare. Alla måste vara kvar ute i vildmarken. Vet de inte hur illa det är därute så svävar de i livsfara. Vi har helt enkelt inget annat val än att smyga ut och leta rätt på din pappa och hans grupp. Skynda dig så hinner vi ut innan någon annan vaknar.

Lisa blev plötsligt klarvaken, hon kastade sig ur sängen och klädde sig på bara ett par minuter. När de två unga kvinnorna smög ut från förläggningen sov alla andra efter en lång natt på muren.

Väl ute stack solen i Lisas ögon, den hade precis stigit över klipporna i öster.

Fåglarna kvittrade som besatta i den tidiga och ganska kyliga morgonen. En tunn dimma svepte likt en brudslöja genom de glesa träden. Solens strålar stack lysande spjut genom dimman vilket fick den att lysa som av sig själv. Morgonen hade något märkligt och magiskt över sig.

– Vi ska över på andra sidan muren men kan inte låta porten vara öppen efter oss. Normalt står det två vakter vid varje port men tack vare den förstärkta nattvakten så är det ingen som vaktar lilla porten nu på morgonen. Jag leder ut hästarna och du låser efter mig.

Xian pratade fort samtidigt som hon spanade runt sig för att se till att det inte var någon inom hörhåll. Det var på det hela taget ganska onödigt, hela området var tomt så när som på de två vakterna vid stora porten. Alla sov fortfarande efter en lång natt med extra vakttjänstgöring.

– Jag såg dig i natt när du satt på muren, hur kom du dit?

Lisa kikade försiktigt upp på henne med sorgsna ögon.

– Var väl inget särskilt, sa hon och ryckte på axlarna. Det var ju i ett hörn, man bara liksom springer upp med stöd av de två väggarna.

Xians ögon lyste förväntansfull.

– Kan du ta dig över hela muren på det sättet? Frågade hon ivrigt.

– Tror jag väl, det är bara att fortsätta uppåt, sa Lisa som satt och tittade på sina skor samtidigt som hon viftade lite med fötterna. Lisa var glad att hon äntligen verkade ha fått en bra kontakt med den här konstiga kvinnan. Hon var dessutom överlycklig över att någon på allvar ville hjälpa henne att komma igång med hennes något diffusa räddningsoperation. Hon var helt enkelt tvungen att försöka hjälpa Jan, han var säkert i knipa. Hon bet sig i underläppen för att inte börja gråta, vad som helst hade kunnat hända utanför muren och hon var inte där för att skydda honom.

Xian hade en plan som dock inte hade något att göra med Lisas förhoppningar att hjälpa Jan. Hon hade en egen sak som hon var tvungen att göra, hon ville ut till grottan igen och hämnas sina fallna kamrater. Hon skulle med egna händer slita vingarna av den där trolldrottningen, det skulle vara något att slänga framför fötterna på chefen när hon kom tillbaka. När den förbaskade idioten inte tillåtit henne att följa med jaktgrupperna ut hade hon genast börjat fila på en plan för att komma ut på något annat sätt.

Problemet var att om hon smet ut genom den lilla porten så kunde hon inte låsa den igen. Lämna porten öppen var helt otänkbart. Hon skulle aldrig förlåta sig själv om några spetstandingar lyckades komma in genom en öppen port och att det varit hennes fel. Kanske kunde hon ha lurat någon av vakterna att låsa efter henne men då hade det funnits vittnen kvar som hade kunnat avslöja hennes planer. När hon sett Lisa uppe på bjälken hade hon kommit på en lösning.

Lura den lilla korkade lärlingen att låsa porten och sedan få henne att följa med. Det hade inte ens varit svårt, bara påstå att de skulle försöka rädda hennes pappa. Ett ögonblick hade hon fått lite dåligt samvete, men vad tusan, flickans far var förmodligen redan borta, inget att göra något åt. Hon visste bättre än någon annan vad de jaktgrupper som lämnat Baotou skulle möta under natten. Hur Xian skulle bli av med den lilla lärlingen efter att de lämnat muren hade hon inte räknat ut ännu, men något skulle hon nog komma på. Det var ju trots allt bara en dum lärling.

Innan solen klättrat upp mycket högre på himlen smög två figurer och ett par små rufsiga hästar mot lilla porten. De gick inte på vägen utan följde muren som om de inte ville bli sedda. Tyst och försiktigt smög de två fram, en klädd i svart och en klädd i vitt.

Xian var först framme och lyfte av den stora tvärslå som spärrade porten. Det var en tung järnförstärkt trästock som när den spärrade porten satt med ena änden mot porten och den andra änden i ett järnförstärkt hål i marken. Hon visade Lisa hur den skulle låsas igen och försvann sedan snabbt ut med de båda hästarna i släptåg. Lisa knuffade igen den stora mörka träporten innan hon med visst besvär fick tvärslån på plats. Hon knuffade lite på den men den satt som den skulle, djupt rotad ner i sitt hål skulle den stå pall mot vad som än försökte komma in genom porten. Hon gick tillbaka längs muren innan hon vid ett utav vakttornets breda hörn plötsligt satte fart och likt en liten mus kilade rakt uppför väggen. Hon tog små skutt från vägg till vägg hela vägen upp till murens krön. Med några snabba kliv var hon över murens hela bredd och försvann över bröstvärnet på andra sidan. Nedåt handlade de mest om att inte få upp så hög fart att hon skulle slå ihjäl sig när hon kom ner till marken igen. Hon löste det genom att trycka fötterna mot väggarna och låta sulornas friktion bromsa henne. När hon närmade sig marken i allt för hög fart sköt hon plötsligt ifrån med fötterna för att med en volt landa i slänten på den vall som gick upp mot muren. Hon vred fötterna fram och tillbaka i sluttningen likt en slalomåkare när hon gled nerför jordvallen. Med en elegant sista inbromsning så att dammet yrde var hon nere och stod helt stilla.

Ett ögonblick stod hon och log för sig själv med hakan mot bröstet innan hon tog ett djupt andetag och tittade upp på Xian. Dammet efter hennes landning hängde fortfarande i luften likt en gyllenbrun slöja. Xian kom gående i skuggorna längs muren med de båda ruffiga hästarna. De var obetydligt större än ponnyer och såg synnerligen beskedliga ut. Hon hade helst velat få tag i några av vaktstyrkans vackra och snabba djur men de skulle saknas när vakterna kom till stallet. De här två krakarna hade hon tagit från gruppen av frigående hästar. De skulle saknas först till hösten då man räknade in dem. Xian gillade inte dessa ruggiga kräk men det var de enda djur som hon någorlunda riskfritt kunnat lägga vantarna på.

Xian kunde förvisso rida men hon var ingen riktig hästkännare. De två riddjuren hon "lånat" var av den mycket tåliga sort som mongolerna använde sig av. Helt enkelt de bästa hästar man kunde ha om man skulle ut i Gobiöknen. De var kloka och samlade djur som inte hetsade upp sig i onödan. En elegant häst ur vaktstallet hade förmodligen blivit skrämd till vansinne så snart den första spetstandingen visat sig. En tålig mongolhäst fnös vanligtvis åt faran i visshet om att den alltid kunde springa ifrån den.

— Kan du rida? frågade Xian viskande innan hon slängde åt Lisa tyglarna.

Med en tyst nick tog Lisa emot dem och kravlade sig upp på

hästryggen, men på ett sådant sätt att Xian inte behövde fråga igen.

Det var ganska tydligt att svaret på frågan var nej. Lisa hade

faktiskt aldrig suttit på en häst förut.

De båda rymlingarna skrittade iväg i skuggan av bergsväggen,

långsamt rörde de sig framåt mot fara och otrygghet. De borstiga,

bruna små hästarna skrittade på och så småningom försvann muren

bakom dem. Xian hade gett upp ganska snabbt när det gällde Lisas

förmåga att rida och helt enkelt tagit tyglarna i handen. Nu red

Xian först och Lisa fick sitta på hästen bakom. Hon höll ett stadigt

tag i manen med båda händerna, och fick ledas som en packåsna.

(Ja, Lisa var förstås ingen packåsna, snarare packning, och hästen

var ju inte heller någon åsna utan fortfarande en häst. De liksom

bara leddes fram som en packåsna.) När Xian planerade att ge sig

ut utanför muren så hade den första tanken varit att göra sig av

med Lisa vid första bästa tillfälle. Nu var hon inte lika säker

längre, den lilla plutten kunde inte rida för fem öre men Xian hade

aldrig sett något som ens påminde om det som Lisa hade gjort när

hon tog sig ner från muren. Det kunde komma till användning

igen.

När dalgången öppnade upp sig framför dem stod solen som högst.

Hela det vida landskapet badade i gult solljus. Den brunaktiga marken skimrade i en gyllengul färg och de torra grästuvorna såg ut som om de var gjorda av blankaste silver. Lisa var häpen av att ett så dystert landskap kunde förändras så bara av att solen kom fram. De red vidare ut i det allt mer öppna landskapet. Xian hade tagit sikte på en höjd som stack upp långt i fjärran.

– Hur vet ni så mycket om spetstandstrollens svärmningar? frågade Lisa plötsligt.

Xian som drömt sig bort ryckte till, hon vände sig om i sadeln och tittade länge på Lisa innan hon svarade,

– Vi har läst i den gamla krönikan som skrevs efter förra gången de fördömda trollen svärmade. Den är förvisso skriven på ett poetiskt språk och på vers, men kunskapen finns där. Det är där vi hämtat all information om vad vi har för faror framför oss. Förra gången blev det nästan slutet för hela Kina. Det skall vi se till att det inte blir den här gången, tillade hon efter ett litet uppehåll. Lisa såg lite tvivlande ut.

– Har någon någonsin sett ett flygande troll? Hon rynkade pannan när hon fortsatte,

– Jag menar, flygande troll, hallå, det låter superskumt. Xian kunde hålla med om att det lät tokigt men sa samtidigt att,

– Vore du en Trygg så skulle du nog tycka att det lät skumt redan när vi pratar om troll, eller hur?

– Mm, sa Lisa, men när ingen vidsynt heller har sett ett flygtroll så verkar det skumt, tycker jag i alla fall, lade hon till.

Vad står det egentligen i den där krönikan? Har de beskrivit hur det ser ut när den där drottningen flyger? Jag menar kan de flyga bra eller är de mer som flygmyror, kan hålla sig i luften men hamnar lite var som helst?

Xian suckade djupt och funderade ett ögonblick på att helt enkelt bara släppa tyglarna och låta Lisas häst gå hem igen, med Lisa fortfarande kvar på ryggen naturligtvis. Hon grimaserade och ångrade sig, så suckade hon igen, och försökte komma på exakt hur det stod i krönikan.

– När natten är som mörkast och innan sista dagen gryr, när allt levande förgås och livet stilla flyr. När marken skälver och skakar och döden river ner den trygga buren, då skall det sista alla ser vara svarta vingar över muren,

citerade hon när hon läste stycket ur minnet.

– Det här är den viktigaste delen av krönikan, det är den som alla murvakter och jägare måste kunna. Alla från oduglig lärling till mästerjägare måste kunna dessa rader, tillade hon lite elakt. Hon visste mycket väl att Lisa aldrig hört talas om dem, det var därför hon lade till det där om oduglig lärling. Lisa knep ihop munnen och låtsades som om hon inte hört den spydiga kommentaren.

När solen var på väg att gå ner styrde Xian upp deras hästar på en liten höjd, den enda som fanns inom rimligt avstånd. Både hästar och ryttare fick plats uppe på den lilla höjdens topp men inte mycket mer. Den envisa blåsten fick hästarnas manar att fladdra fram och tillbaka, den drog och slet i ryttarnas kläder och fick dammet att försvinna över marken likt en diffus dimma.

Lisa satt i sina egna tankar och vaggades av den lilla hästens rörelser. Hur i hela friden skulle hon hitta Jan här ute? Den smutsbruna öknen var enorm och hon hade ingen som helst erfarenhet av ökenterräng. Hon kände allt tydligare att det var väldigt långt till de välbekanta skogarna runt stuga 32. Härute var hon en nybörjare igen. Hon gillade inte Xian men hade ingen möjlighet att hitta Jan på egen hand, hon var tvungen att lita på att den kinesiska trolljägaren visste vad hon gjorde. Hon saknade verkligen Jan, allt var så mycket lättare när han var i närheten. Hon saknade hans lugna, varma röst när han berättade sina historier vid brasan i den lilla stugan.

Himlen färgades alldeles röd över landskapet, vilket i sin tur fick marken som förut varit gyllengul att nu se ut som ett hav av blod. De satt av och klättrade uppför den sista lilla backen. När de kom upp gjorde de sig ett litet läger uppe på toppen av kullen.

Lisa satt ihopkrupen och gungade lätt fram och tillbaka, hon tänkte på Jan. Hennes ögon tårades när hon tänkte att han kunde ha råkat illa ut. Ibland var han hopplös och gammalmodig men han var hennes pappa och hon längtade efter honom. Inte skulle han kunna försvinna från henne så snart efter att hon fått veta att hon faktiskt hade en pappa. Hon fingrade förstrött på det lilla hjärtat som hon hade om halsen, tummen smekte den lilla märkliga stenen som satt i hjärtats mitt. Hon visste inte att hon fått halsbandet av Jan, hon visste heller inte att det lilla smycket mycket väl skulle kunna rädda hennes liv. Hon hade hittat det i ett träd för ett par år sedan, (det var Jan som hängt det där) och visste bara att Jan log belåtet varje gång hon hade det på sig.

Xian stod rak i ryggen och spanade ut över slätten.

– Ingen eld i natt, viskade hon, vi får låta hästarna lägga sig och turas om att vakta.

Hon hoppades att det torra, halvmeter höga gräset som växte på toppen skulle vara tillräckligt för att inga troll skulle upptäcka deras lilla läger. Kullen som sådan var däremot inget hinder för ett mongoliskt spetstandstroll, den var bara en liten kulle mitt ute på slätten. Hon hoppades att de fördömda bestarna helst ville vara där det var som mörkast. De skulle bara söka sig till kullens topp om

de upptäckte något ätbart. Det handlade helt enkelt om att inte
synas eller höras.

Chefen blängde misstroget på sin vaktchef när han blev informerad
om att någon hade öppnat den lilla porten under morgonen. Det
var han själv som tagit beslutet att låta porten vara stängd men
obevakad under morgontimmarna. De lata murvakterna var
tydligen tvungna att sova efter att de varit i tjänst hela natten.
Muren var måhända gammal men samtliga portar hade dolda larm,
som var ytterst moderna, både portarna och låsen var larmade.
Någon hade alltså öppnat den lilla porten och släppt ut någon
annan för att sedan stänga och låsa igen. Han lade mycket energi
på att försöka hitta denna någon som var kvar och som hade låst
porten efter vem det nu var som lämnat Baotou. Det fanns inga
Trygga som skulle lämna staden den vägen, det fanns helt enkelt
ingen anledning. Det är för tusan bara öken och karga klippor
utanför muren. Normalt sett trivdes chefen riktigt bra när han var i
Baotou, kontoret i det stora hotellet var betydligt lyxigare än hans
egna kontor i Hohhot och personalen var exemplarisk på alla sätt.
Det var bara vid sådana här tillfällen han önskade att han fick
krypa in i sitt tråkiga lilla kontor igen. Chefen var en duglig
administratör men han var inget lejon, och definitivt ingen
trolljägare. Med lismande och smicker hade han lyckats bli chef

över Kinas avdelning av byrån, inte med brinnande mod och osjälviskt uppträdande. Han tyckte i hemlighet att alla dessa modiga män, och kvinnor, var lite korkade. De var enligt chefen fullkomligt galna, särskilt kvinnorna. Vem i hela friden lämnade tryggheten bakom muren för att utan att tveka kasta sig in i jakten på vilda spetstandstroll? Bara galningar gjorde något sådant enligt chefen. Nu var det förmodligen någon av dessa galningar som lyckats övertyga någon av de andra galningarna att stänga porten. Nu hade galning nummer ett helt på egen hand lämnat tryggheten för att förlora livet någonstans ute i ödemarken. Varför då? Han hade låtit förhöra samtliga vakter men ingen hade varit vaken vid den tiden, eller, det är klart att vissa varit vakna men de som inte sov hade varit uppe på muren och vaktat. Det var hur som helst ingen ledig vakt som varit vaken. Chefen lade ärendet med den öppnade porten åt sidan för tillfället, den var ju trots allt låst igen. Han skulle hur som helst ta tag i det här problemet senare när läget hade lugnat ner sig. Han reste sig och gick fram till det stora fönstret när han hörde dånet från motorer. Han såg den första grå flygmaskinen komma in mot Baotou. De stora helikoptrarna var på väg in för landning efter nattens uppdrag och det var några av dem som inte hade goda nyheter med sig.

Det var knäpptyst i den stora samlingssalen när jägarna hade

samlats, de mumlande samtalen från förra gången saknades helt.
De stora röda tygstyckena som hängde längs väggarna fladdrade
till när dörren öppnades och chefen kom in. Han gick rakt upp på
podiet utan att se åt något håll. När han väl kom upp i talarstolen
for hans ögon fram och tillbaka över de församlade, flera saknades
sedan deras förra möte. Han började med att be varje inhemsk
jägare att avlägga en kort rapport.

– Grupp ett.

– Vi hade ingen möjlighet att landa vid vår landningsplats, den
var översållad med troll. Vi landade en mil bort men med tanke på
hur många vi såg från luften så valde vi att inte gå fram.

– Grupp två, ingen svarade, grupp två?

Chefen letade ett ögonblick längst med raderna men gjorde sedan
bara en liten notering i sina papper. Grupp två hade inte kommit
tillbaka och skulle aldrig göra det.

– Grupp tre.

– Ingen kontakt med några troll alls, inte ett spår.

– Grupp fyra? åter igen var det ingen som svarade, grupp fyra?

Chefen såg lite fundersam ut när han letade efter Cheng bland de
församlade. Jan stötte till Cheng med armbågen.

– Vakna för tusan.

Cheng reste sig hastigt med förvirrad min och klippande ögon innan han ångrade sig och satte sig igen. Det stod nog klart för de flesta i rummet att han suttit och sovit.

– Ingen kontakt, inga spår, det var allt han sa innan han sjönk tillbaka ner i stolen.

Det fortsatte med att övriga grupper lämnade sina korta rapporter men bilden var klar, grupp ett och två hade farit rakt in i smeten men övriga grupper hade inte sett någonting. Grupp två hade dessutom gått förlorad. Tre duktiga män hade försvunnit utan ett spår. Trots nattens förluster var operationen en stor framgång enligt chefen. Nu visste man var någonstans den stora gruppen med troll fanns. Det var de grupper som varit närmast muren som fått kontakt med trollen. De verkade samlas någonstans i närheten av Baotou.

Jan sträckte på sig när han reste sig från stolen, det hade varit en lång natt. De hade blivit avsläppta i mynningen av den stora dalgång som löpte hela vägen fram till Baotou. Cheng hade sedan fört dem i en vid båge ut i det platta ökenlandskapet för att till slut klättra upp på en liten kulle mitt ute på slätten. När gryningens röda slöja drog över himlen gav de sig iväg in mot andra sidan av mynningen av dalen. Det hade varit en vacker promenad men helt händelselös. Det största problemet hade varit att Josh ständigt gnällt och klagat över att behöva gå ett par mil, eller, fyra mil om vi ska vara exakta, kanske till och med fem, men absolut inte mer än sex mil. Hur som helst så hade Josh gnällt större delen av promenaden.

Det var allmänt känt inom byrån att amerikanerna inte hade så bra kondition. Jan själv hade njutit i fulla drag av att få gå på fast mark och inte fara runt uppe i luften som en jäkla fågel. Han valde att smita från de övriga så fort mötet var slut. Gnolande för sig själv var han med raska steg på väg bort mot övningsplatsen. Han hoppades att Lisa skulle vara där.

Det var ungefär tjugo kvinnor som tränade på det stora övningsfältet när Jan kom dit. Ingen av dem var dock klädd i vit rustning. Han strosade vidare uppför trappan till damernas förläggning men hejdade sig utanför. Han kunde inte bara kliva in i deras sal hur som helst. Han stod där och trampade i väntan på att det skulle komma någon han kunde fråga om Lisa var inne i salen. Det skulle ta ytterligare ett par timmar innan hela den fasansfulla situationen stod klar för honom.

10 Grottan

Lisa stod på vakt uppe på höjden, både hästarna och Xian sov. Det var lite oklart vem av de tre som snarkade värst. Nu spelade det inte så stor roll att det lät som en stenkross uppe på toppen av den lilla kullen. Det var helt öde så långt Lisa kunde se, ingenting som rörde sig någonstans. Bara det silverfärgade gräset som täckte den här delen av slätten vajade lojt i vinden. Lisa tänkte först göra upp en liten eld men det verkade som om det inte fanns en enda pinne i närheten. Det var kanske inte så konstigt med tanke på att det varken fanns träd eller buskar så långt ögat kunde nå. Det stod allt mer klart för henne att hon var långt från de uppländska skogarna där hemma. Lisa saknade sina skogar, och den lilla ån, hon saknade Jan. Hon suckade, åhh, vad hon saknade Jan, och Trumf, hon saknade Trumf, särskilt på kvällarna när hon skulle sova. Hennes oro för Jans välbefinnande gnagde inom henne. Hon undrade hur han hade det, kanske hade han redan råkat illa ut? Tänk om de skulle komma för sent och bara hitta resterna efter gruppen. Jan kanske slogs för sitt liv just nu och hon visste inte ens var han var. Hur i hela fridens namn skulle hon kunna hjälpa honom då? Det kändes som om hon skulle explodera, hon ville bara skrika rakt ut men gryningen var på väg så nu kunde de

äntligen sätta fart igen. Hon petade till Xian med foten, inget
hände, hon petade till igen, lite hårdare den här gången.

– Mmm, knorrade det under filten, vad är det?

– Vi måste sätta fart, det är nästan ljust, viskade Lisa samtidigt
som hon knuffade till sin häst.
Den lilla bruna hästen verkade precis lika ovillig som Xian att
stiga upp.

När solens strålar började smycka marken i guldgult sken red de
två jägarna, enligt Lisa, en jägare och en oduglig lärling, enligt
Xian, ner från den lilla höjden och ut på det stora havet av gräs.
Lisa höll för första gången själv i sina tyglar, det gick lite vingligt
till en början men allt bättre ju längre dagen led. Ett konstigt djur
som Lisa aldrig sett tittade plötsligt upp från ett hål i marken, det
kilade upp till en liten grästuva och började gnaga.

– Vad är det där? frågade hon med förvåning i rösten.
Xian slängde en kort blick åt det håll Lisa pekade.

– Ett murmeldjur, det är en gnagare som lever i hålor under
marken. De är riktigt goda att äta om man tillagar dem rätt.
Lisa tittade på det lilla djuret. Det såg ut som en ekorre i huvudet
men kroppen var mer som en bäver, fast utan den platta svansen.
Den var stor som en hare ungefär. När de kom närmare försvann
den som ett brunt streck över marken och ner i sitt hål. Hon tittade

uppmärksamt på marken framför sig, ett sådant hål skulle kunna bryta ett ben på hästen om den råkade trampa i det. Hon tappade fokus ganska snart igen när hästens gungande skritt vaggade henne. Ganska snart började hon dagdrömma där hon satt djupt försjunken i sina egna tankar. Hästens lugna lunk förde henne långt bort från den uttorkade Gobiöknen. Hon var åter hemma vid stugan, de badade i ån. Trumf skuttade oroligt fram och tillbaka längs kanten. Jan kastade henne som en vante så att hon for flera meter innan hon med ett plask landade i vattnet igen. Hon skrattade och skvätte vatten på Trumf. Han sprang gläfsande längs kanten men utan att komma för nära, han gillade inte att bli blöt. Hon hade för första gången en riktig familj och de båda jägarna, Jan och Trumf, älskade henne. Hon var lycklig. Hon hade alltid velat ha en familj där hon var älskad. I Jan och den gamla hunden Trumf hade hon funnit sin familj. Nu var den tiden kanske redan över, åh, varför hade han åkt i väg i den där sabla helikoptern? Varför hade inte hon fått följa med och skydda honom?

Ett gällt skri fick henne att förskräckt titta upp och se sig omkring. Det fanns inget att se, bara gräs överallt. Hon såg med en frågande blick på Xian.

   – Vad var det där? Vad var det som skrek?

Xian sneglade inte ens åt hennes håll utan satte bara ett finger rakt

upp i luften. Först trodde Lisa att Xian gjorde ett fult tecken mot
henne men när hon följde fingret så visade det sig att en stor örn
svävade majestätiskt över slätten. Mot solen såg fågeln kolsvart ut.
Lisa som av naturen var en nyfiken flicka ville gärna veta vad en
så stor fågel kunde livnära sig på här ute? Hon funderade ett
ögonblick innan nyfikenheten tog över och hon frågade Xian.

– Murmeldjur, de äter murmeldjur. När det är många djur uppe
på ytan samtidigt kan man se de svarta örnarna glida över
landskapet för att plötsligt dyka mot marken efter dem.
När nu Lisa fått Xian att börja prata så passade hon på att fråga
vart de var på väg. Hon hade rätt så bra kontroll på var
väderstrecken låg och om hon inte hade helt fel så var de på väg
tillbaka.

– Nej, svarade Xian, vi övernattade ute på slätten för att slippa
spetstandingarna. Nu är vi på väg till den grotta som din lärare och
hans grupp skulle kolla.
Xian visste mycket väl att Jans grupp inte varit inne i dalen
överhuvudtaget. Det var hennes egna och högst personliga uppdrag
som förde dem till grottan. Hon ville hämnas på dem som tagit
hennes egen lärare och bästa vän. Vad den lilla lärlingen som inte
ens kunde rida ville brydde hon sig inte om överhuvudtaget.

Jan stod inne på chefens kontor och talade högljutt och upprört.

– Min lärling saknas, ingen har sett henne sedan i går kväll. Enligt en flicka jag talade med saknas även en av era kvinnliga jägare, stämmer det?

Han stirrade med en galen glimt i ögonen på den lille kinesiske chefen.

Chefen tittade lite frånvarande på sina papper som låg på det välputsade stora, svarta skrivbordet.

– Mm, enligt vad jag kan se så är det en av våra fjärrspanare som saknas. Hon var här strax innan ni åkte för att klaga på din lärling. Jag har svårt att se hur de skulle kunna rymma tillsammans, hon tyckte verkligen inte om din lärling. Den här kvinnliga fjärrspanaren blev dessutom rasande när jag förklarade att hon inte fick följa med i en av grupperna som gav sig av i går kväll. Hon är en jobbig typ den där, som de flesta kvinnor vi har förresten, tillade han lite tankspritt.

Jan mörknade påtagligt under chefens utläggning angående kvinnliga jägare. Han hade hört det där snacket förut men hade aldrig själv sett något som helst bevis på att kvinnor skulle vara sämre jägare än män. Dessutom var den person som han ansåg som den mest värdefulla människan någonsin en kvinna, eller en flicka faktiskt, och hon var helt jädra fantastisk. Han fortsatte envist med att få tillstånd att skicka ut en patrull för att leta efter de försvunna men chefen vinkade lite lojt med ena handen för att

102

stoppa honom. Han lyfte inte ens blicken från sina papper.

– Det går tretton på dussinet när det gäller kvinnliga lärlingar, du kan få ta dig en ny här om du nu absolut måste ha en kvinnlig lärling, sa han samtidigt som han kvävde en ointresserad gäspning. En sak man kanske borde veta om chefen för den kinesiska avdelningen av byrån var att han var ett praktarsel när det kom till kvinnor inom byrån. Han tyckte inte de hade något på hans avdelning att göra. Hade chefen för Kinas avdelning inom byrån för ovanliga händelser någonsin undrat över hur långt han kunde flyga utan vingar så fick han ögonblicket senare svaret. Jan såg bokstavligt rött och blev fullständigt galen. Den lilla typen till chef hade bara avskrivit Lisa som om hon inte spelade någon roll. Utan att tänka lutade han sig över det stora skrivbordet där den lilla skiten satt. Med en hand tog han tag i chefens byxlinning och vräkte honom tvärs över rummet. Chefen hade förmodligen protesterat livligt mot den behandlingen om han inte med full kraft råkade träffade väggen på andra sidan av rummet. Ja, eller han hade nog fortfarande protesterat efter det också, men den stora, och väldigt antika, vasen som stod på en hylla vid samma vägg satte punkt för det i och med att den föll över chefen och krossades mot hans huvud. Chefen för Kinas avdelning av byrån för ovanliga händelser låg i en hög längst bort i rummet, uppblandad med skärvor från en svindyr vas. Chefens sekreterare såg först chockat på Jan, hennes ögon flackade över det eleganta rummet mellan chefen och Jan för att sedan återvända till Jan. Plötsligt började hon att gapskratta, hon hade stått ut med den lilla skiten och hört hans snack om odugliga kvinnor i flera år och för första gången tyckte hon att han fått vad han förtjänade. Hon ställde sig upp och klappade förtjust i händerna, det här artade sig till att bli en toppendag. Hon hade gärna berättat för Jan att han inte behövde vara orolig, ingen skulle göra någonting mot honom. Det var ingen omtyckt chef som låg avsvimmad på golvet. Den vackra Ming vasen som krossats mot chefens huvud var enligt henne en större olycka än att den oduglige chefen tog en tupplur på mattan. Nu fick hon inte chansen, Jan var säker på att han skulle bli fängslad för att sedan skickas hem. Han rusade ut ur kontorsbyggnaden och fortsatte hela vägen in i kvinnornas hus. Han var vansinnigt arg på sig själv, hur hade den där lilla skiten lyckats få honom att tappa kontrollen så fullständigt?

Med en smäll kastade han upp den stora svarta trädörren och klampade in i damernas förläggning. Med förvånade miner, och ett och annat skrik från någon halvklädd, tittade kvinnorna upp när han brakade in. Han skrek rakt ut, utan att tilltala någon särskild.

– Har någon sett min flicka? Är det någon som har en aning om vart hon tagit vägen?

Han såg helt galen ut med flackande blick och yviga armrörelser.
Först blev det alldeles tyst men sedan var det en liten flicka på
kanske tolv, tretton år som räckte upp handen.

– Jag hörde att Xian sade till henne att följa med utanför muren.
Vad jag förstod så skulle de ut och leta efter er. Jan trampade lite
på stället någon sekund innan hans hjärna fick fart på kroppen.
Han rusade med vilt stirrande blick ner mot platsen där de stora
helikoptrarna landat. Han ville, hur otroligt det än lät, att en av de
där hemska maskinerna skulle flyga ut honom till samma höjd som
de varit vid under natten. Den dammiga planen var dock tom då
helikoptrarna hade flugit vidare och parkerats någon annanstans.
Där stod han med sin stora båge i handen mitt på grusplanen och
undrade hur i hela friden han skulle kunna räkna ut vart den lilla
tagit vägen. Han var desperat men hade inte en enda tydlig tanke
på hur han skulle gå till väga. Förtvivlad lutade han huvudet bakåt
och tittade upp mot himlen, inte en enda idé. En ensam tår letade
sig nerför hans kind.

När solen stod mitt på himlen kom de fram till mynningen av
dalen. Här i början var den så bred att det var svårt att se från sida
till sida. Ju närmare muren dalen kom ju smalare blev den. De
karga bergssidorna reste sig högt över de två ryttarna. De red längs

bergssidan i solen och Xian spanade efter den dammiga jordhög som hon visste låg utanför ingången. Grottans mynning syntes inte alls utifrån dalen. Man var tvungen att komma så nära att man kom emellan den stora högen med jord och klippväggen.

Xian visslade till när hon såg hur otroligt mycket mer jord som låg utspridd utanför mynningen än när hon senast var här.

– De har varit flitiga de kräken, muttrade hon för sig själv. Stora, för att inte säga enorma, högar med brunaktig torr jord låg längs hela dalen. Lisa tittade upp och svarade med ett enkelt,

– Vad?

Xian pekade på den mörka grottmynningen,

– Det var hit din lärare och hans grupp skulle under senaste uppdraget. Vi får gå in och se om vi kan hitta några spår, något, vad som helst som kan ge oss en ledtråd om vart de tagit vägen. Lisa hade bara lyssnat på det första Xian sagt, med ett skutt var hon av sin lilla häst och rusade uppför grushögarna. Hon var redan på väg in i grottan.

– Stanna! Vad tror du att du håller på med?

Xians röst lät bara som ett svagt mummel i Lisas öron. Hon var redan på väg in i den trånga mynningen. Mot ena sidan av grottans mynning tryckte hon sin pilbåge så att hon kunde stränga den. Hon behövde en fackla, det var beckmörkt inne i grottan. Hennes blick flackade fram och tillbaka i jakt på någon gren eller pinne. Jan hade försett henne med vaxade tygtrasor och hon hade lärt sig att göra en duglig fackla av dessa. Hon behövde något att linda trasorna runt. Den torra bruna jorden var dock ingen mark där det växte några träd, inte ens några buskar. Bara det silveraktiga gräset tycktes trivas i den. Hon rusade tillbaka till hästarna, där Xian fortfarande satt på den ena, och ryckte åt sig en av Xians korta kraftiga pilar.

– Men, hallå där, jag kan behöva den där, protesterade Xian. Lisa lyssnade inte alls längre, hon var nästan panikslagen av oro. När hon sedan sprang tillbaka mot grottan lindade hon trasorna om spetsen och när hon kom in i grottans dunkel slog hon ner sin fackla i marken och drog sin dolk. Hon plockade upp ett tändstål ur fickan. En skarp blixt lyste för ett ögonblick upp grottan innan det blev mörkt igen. På andra försöket fastnade några gnistor i det vaxade tyget och en gulaktig låga växte sig allt starkare. Spöklika skuggor fladdrade längs väggarna när hon försiktigt tog upp den brinnande facklan från marken. När hon höll den över huvudet såg hon sig omkring och blev häpen. Grottan var ingen grotta, det var en lång tunnel. Den var cirka tre meter bred och ungefär lika hög. Den fortsatte rakt in i berget långt utanför facklans fladdrande ljussken. Väggarna var helt släta, som om någon sandpapprat hela tunneln. Det fanns tydliga bevis på att troll nyligen varit vid ingången men så långt hon såg var den helt tom. Inte ett ljud hördes inifrån den mörka gången.

Xian kom försiktigt och med laddat armborst in efter henne. Hon muttrade något surt om lärlingar som inte lyssnade samtidigt som hon blängde på Lisa. Med ett knäckande ljud bröt hon en grön plaststav och den började genast ge ifrån sig ett grönt, skimrande sken. Hon tryckte in den lilla lysstaven i utrymmet där den sotade ekkvisten skulle sitta på en av sina korta, kraftiga pilar. Med ett ryck lyfte hon vapnet och siktade in i tunneln. Pilen for iväg med en dov smäll rakt in i mörkret. Den landade i ett litet dammoln med ett puffande ljud ungefär hundra steg längre in. Ett grönaktigt sken lyste upp den delen av tunneln. Lisa smög på sitt ljudlösa sätt framåt mot det grönaktiga ljuset, fortfarande med sin fackla över huvudet. Förmodligen tänkte hon inte på det men det var ganska poänglöst att smyga när hon faktiskt var den klaraste lysande punkten i hela tunneln. Hon rörde sig tyst som en rökslinga utan ett ljud. Xian stirrade in i mörkret och tvekade, hon var ju egentligen den av de två som var mest lämpad att gå först. Problemet var bara det att hon inte ville. I hemlighet hade hon längtat att få komma hit igen för att få hämnd men nu när hon stod här i grottan så kände hon sig inte så modig längre. Det kanske inte var så dumt om den korkade lille lärlingen fick rusa iväg. Hon lät Lisa komma ett tiotal steg före innan hon med lätt frasande steg följde efter.

Hennes armborst var inte spänt, hon tryckte på

uppspänningsknappen och bågen började spännas med ett dovt

morrande ljud. Lisa vände sig förvånat om.

– Vad gör du?

Hon viskade inte ens, grottan var ju tom.

– Laddar mitt vapen, svarade Xian viskande.

Lisa hade inte tittat så noga på armborstet tidigare men nu såg hon

att det måste vara motordrivet på något sätt. Hon hade helt rätt,

armborst avsedda för jägare hade en liten batteridriven motor som

satt längst fram under själva bågen. Den drev en gängad stav som

roterade och förde med sig en liten släde som spände bågen. De

kvinnliga murvakterna fick dock hålla till godo med ett vanligt

vapen, som man vevade upp för hand. Med ett lågt ljud åkte släden

upp på stocken tills spärrullen klickade i den grova strängen och

sedan föll den lilla slädens pigg åt sidan och började att åka ner till

ursprungsläge igen. Motorn gjorde naturligtvis att man kunde ha

en kraftigare båge än om den skulle spännas med muskelkraft men

det tog tid att spänna en båge på det viset.

Xian fäste en ny lys-stav på en pil och när de nästan var framme

vid den första grönskimrande pilen så sköt hon iväg den. Smällen

som uppstod när armborstets kraftiga lämmar slog fram ekade i tunneln. Längre fram slog det gnistor när pilens spets träffade tunnelväggen, pilen och den gröna staven tumlade runt ett kort tag innan även den låg stilla och lyste svagt. Det var fortfarande tomt framför dem. Lisa förvånades över hur slätt golvet var, som en sandstrand med finaste sand. Armborstet morrade på nytt och ganska snart flög ett nytt grönaktigt ljus iväg. När elfte pilen for iväg och det fortfarande var tomt framför dem började Xian se orolig ut.

– Den här gången leder rakt mot muren, viskade hon.
Vi har inte sett ett enda troll men de har nyligen varit här. Var i hela friden är de? Vad är det som pågår här? undrade hon för sig själv. Lisa var mer orolig över att hon inte sett några spår efter människor. Hade Jan varit här så var spåren utraderade av troll som kommit senare. Vart hade Jan då tagit vägen? Hon ökade takten och började springa, hade det varit ljusare så hade man sett skräcken i hennes ögon. Hon var inte rädd för sin egen skull, hon var rädd att hon kommit för sent och att Jan redan råkat illa ut. Hon sprang fort och kom allt längre bort från Xian.

En dam i någon slags uniform kom plötsligt ut på grusplanen tillsammans med en liten grupp kvinnor i svarta rustningar. Av en ren tillfällighet var det samma kvinna som redan den första morgonen väckt Lisa med en rackarns trumpet. Hon gick med bestämda steg fram till Jan och med myndig stämma frågade om det var han som slängt deras chef in i en vägg? De svartklädda damerna stod vaksamt ett par steg bakom henne. Jan tyckte att han kände igen henne men kunde inte komma ihåg vart ifrån. Han ryckte på axlarna och kunde inte annat än erkänna, jo, det var han. Den jäkeln hade utryckt sig nedsättande om hans lärling och i övrigt hade han varit allmänt dum. Kvinnan stirrade länge på honom innan hon plötsligt sken upp i ett leende och bad att få skaka Jans hand.

– Det var banne mig på tiden att någon satte honom på plats, sa hon leende. Han har varit tråkig mot alla mina flickor i många år nu. Mina murvakter är hårda töser som ständigt måste sköta sitt jobb samtidigt som de ska vara någon sorts turistguider. De har ständigt fått stå ut med att få sämre utrustning och har mest fått begagnade grejor. I våra ögon är du en hedersman, vi är helt och hållet på din sida. Vad kan vi hjälpa dig med? frågade hon. Han såg ut som om han just vaknat ur en konstig dröm, nu förstod han inte riktigt vad som höll på att hända. Han skakade av sig känslan av drömlikhet och tog chansen att få hjälp av någon som kunde hitta ute i ödemarken. Jan behövde någon som hittade ute i dalen samt någon form av transport. Kvinnan pekade på två av sina svartklädda följeslagare och förklarade att dessa två var födda och delvis uppvuxna i dalen framför muren. De kände till allt som man behövde veta om man skulle ge sig ut på ett

räddningsuppdrag. De två flickorna skuttade plötsligt rakt upp i

luften och klappade ihop händerna med varandra. Man kunde

nästan tro att de verkligen hoppats på att få en chans att komma ut

på något annat äventyr än att gå vakt på muren. Ganska snart kom

de två flickorna, Jan tyckte de såg ut som flickor även om de båda

var något år äldre än tjugo år, med en sliten, grönfärgad jeep av

märket UAZ. Den skuttade fram mer som en groda än som en bil,

men det fick duga, den gick i alla fall framåt.

 Nu var det förmodligen inte bilen det var särskilt mycket fel på

utan på den vildhjärnan som satt bakom ratten.

Bilen med de båda, allt annat än tystlåtna kinesiska murvakterna

och Jan sladdade in vid stora porten. De stannade i ett stort moln

av det vanliga bruna dammet. Josh stod där och väntade, lugnt

tillbakalutad mot murens nedre bas. Han var klädd i en liknande

utrustning som Jan men på huvudet hade han en klassisk

cowboyhatt, han var ju trots allt amerikan.

– Jag hänger med, sa han i en nonchalant ton. Det är dödstrist att

bara vänta, jag behöver röra lite på mig.

Jan var alldeles för orolig för att le så han nickade bara och gjorde

en snabb handrörelse.

– Hoppa in, var det enda han sa.

Den fula jeepen for iväg i en rivstart, det såg lite roligt ut. Fram satt två ivrigt gestikulerande flickor och bakom dem satt två allt blekare män. Jan och Josh hade börjat ana att den här resan inte skulle bli av det lugnare slaget.

När den stora porten långsamt och knirkande öppnats skuttade bilen glatt iväg genom den välvda portgången i muren. De var på väg och ingen försökte stoppa dem, snarare tvärt om, alla hjälpte till så gott de kunde. Josh satt i det trånga baksätet tillsammans med Jan, han pekade på de två svartklädda flickorna och frågade,

– Vilka är det här?

Jan ryckte bara på axlarna.

– Inte en aning, det var de två som jag fick som vägvisare, svarade han.

Josh såg på honom med tveksamhet i blicken.

– Du har alltså satt dig i en bil med en okänd förare som kör som om hon stulit bilen, utan att ta reda på vem hon är?

Josh skakade på huvudet och böjde sig fram, han knackade den av flickorna som satt i passagerarsätet på axeln och frågade vilka de var? Hon vände sig leende om och presenterade sig som Lu, den som körde som en galen rallyförare hette Lo och var hennes syster. De hade bott i en liten stuga utanför muren tills de var fyra respektive fem år. Det var under ett angrepp av en ormdrake de blivit föräldralösa. Deras föräldrar hade gömt de två flickorna i en jordkällare under den lilla stugan. Där hade de så småningom hittats av byrån och blivit skickade till Barnhemmet i Baotou. Det var Lo som var den äldre av de två. Från början hade de velat komma in på drakjägarskolan men de blev istället placerade som lärlingar hos en trolljägare. Josh presenterade sig och pekade sedan med en tumme åt sidan.

– Och det här är Jan.

Lo och Lu vände sig inte ens om, de bara höjde varsin hand.

De visste redan vem Jan var, alla visste vem Jan var, han var en legend inom byrån. Jan var inte på humör för att diskutera någonting alls egentligen men han blev ändå förvånad när han hörde flickornas historia.

– Vänta ett tag, sa han. Ni gick som lärlingar till en jägare men är ändå placerade som murvakter? Varför då?

Lo som hittills inte sagt någonting morrade fram att det hade med deras oduglige chef att göra. Det kräket ville inte att flickor skulle få chansen att göra någonting roligt alls, bara trampa runt uppe på muren. Enda gången den dumskallen skickade ut några kvinnliga jägare utanför muren så var det på något skituppdrag eller på ett som man inte kom tillbaka ifrån. Deras lärare, kvinnan som talat med Jan, hade sett till så att de hamnade på muren för att slippa ha med chefen att göra. Jan började allt mer inse att den där lille mannen han i ren ilska råkat kasta tvärs över rummet nog inte var en särskilt trevlig eller omtyckt person.

Lo fortsatte att köra som en galning och bilen hoppade och skuttade fram över den ökenliknade marken. Jan och Josh fick hålla sig i för glatta livet, annars hade de kunnat ramla ur när som helst. Josh klagade högljutt på hur oduglig den gamla bilen var och hur mycket bättre hans egen Jeep C5 var,

– Det är minsann en bil som ligger som slickad på vägen, skröt han, men stötvis och stönande, det var svårt att prata normalt när hela världen hoppade och skuttade.

Jan hade åkt i Joshs bil när han var i USA, han kunde faktiskt inte avgöra om den hoppande maskin de satt i nu eller Joshs hopplösa traktor till bil var värst. Han tyckte fortfarande att promenera var det bästa sättet att ta sig fram.

11 Blåögd

Xian och Lisa fortsatte framåt, pil efter pil. Det gröna ljuset lyste upp gången bakom dem allt eftersom de fortsatte vidare längre in i tunneln. Lisa hade kommit så långt före Xian att hon bara syntes som ett glödande ljus långt framme i tunneln. Vad är det för fel på den här ungen? tänkte Xian, hon går på som om hon var på en vanlig promenad. Har hon verkligen inga rädslor alls i kroppen? Xian fortsatte att placera ut de gröna lysstavarna med jämna mellanrum. Hon började dock få slut på dem, endast tre återstod.

– Lisa, stanna, ropade hon.

Ljuset där framme fladdrade dock vidare och blev allt svagare. Ännu en pil med en grön stav for iväg, två kvar.

– Jag går banne mig inte längre än att jag kan se, muttrade Xian. När ljuset från sista staven inte når längre så vänder jag, tänkte hon. Tusan, de måste vara mer än halvvägs tillbaka till muren vid det här laget. Vad i hela friden höll de usla trollen på med? Nog visste hon att de kunde gräva men det här var ju direkt löjligt.

När det gröna ljuset från den sista staven inte nådde längre stannade Xian, framför henne var det bara mörkt. Det gula fladdrande ljus som Lisas fackla gett ifrån sig syntes inte längre.

Xian smög försiktigt framåt, hennes armborst brummade lågt när strängen åter var på väg att spännas. Hjärtat stannade nästan i bröstet när en hand tog tag i henne och drog ner henne på marken. Inte ett ljud hade hörts, plötsligt hade den lilla lärlingen bara funnits där, vad var det här för en märklig unge egentligen? I ett ögonblick av total panik försöker hon till och med dra sitt svärd.

– Shh, väste Lisa i örat på henne, det är ett helt gäng troll längre fram i tunneln.

Xian stirrade, med tvivel skrivet över hela hennes ansikte, på Lisa och viskade.

– Hur vet du det? Kommer man så nära att de ser dig så brukar de försöka äta upp dig.

Lisa ryckte på axlarna,

– De vände sig om men satt liksom bara där och tittade på mig med sina stora sorgsna ögon.

Xian trodde inte för att ögonblick på Lisas historia.

– Visa mig, viskade hon.

De började långsamt röra sig framåt.

– Hur såg du dem? Det är ju becksvart här framme, viskade Xian lågt.

Lisa pekade bara framåt där hundratals stora ögon tittade tillbaka på de två flickorna. Ögonen lyste svagt blått i det totala mörkret. Xian hade sett mongoliska spetstandstroll i fyrtiofem år men inte

117

en enda gång hade hon sett deras ögon glöda i ett blått skimmer. Någonting var fel, väldigt fel. Hon vände sig och såg åt Lisas håll men blev genast irriterad av att se att den dumma ungen till och med tagit på sig smycken när hon skulle ut på jakt. Som om de var på väg till någon jäkla dans eller någon fest. Korkade unge, tänkte hon.

– Vi måste ut härifrån, viskade Xian, kom, rör dig så tyst du kan. När Xian vände sig om för att smyga tillbaka frasade det svagt vid varje steg. Lisas fötter var lika tysta som vanligt, inte ett knyst hördes från hennes håll. De usla trollbestarna började genast rassla med sina taggar som satt uppe på deras huvuden. Det var ett tydligt tecken på att de var upptäckta och att de nu sågs som en tilltänkt rätt på lunchmenyn.

– SPRING, skrek Xian, spring så fort du kan.

Hon rusade iväg utan att vända sig om. Lisa tittade ett ögonblick på den mur av blåa ögon som var på väg åt deras håll. De såg inte ut att springa särskilt fort. De lufsade mest efter som om de vore nyfikna och ville se vad de två människorna hade för sig. Hon vände sig om och ökade farten för att springa ifatt Xian. De grönskimrande stavarna lyste fortfarande upp tunneln så de kunde hålla högsta fart hela vägen ända fram till mynningen. Det gick bra ett tag men när de nästan var framme vid mynningen tog det tvärstopp. Framför dem stod plötsligt en mindre grupp troll som

tydligen var på väg in i tunneln. Deras enda flyktväg var
blockerad.

– Skit också, nu är vi rökta, stönade Xian. Det finns inte en chans
att vi ska hinna slå oss förbi de där bestarna innan resten är över
oss, flämtade hon samtidigt som de fortsatte att springa.
Lisa lyssnade inte särskilt mycket på vad Xian muttrade om, hon
ansåg att det bara var vanligt gnäll. När Xian saktade farten och
började fumla med att få en ny pil på bågen satte Lisa av i högsta
fart. Hon flög förbi Xian samtidigt som hennes första pil slog in i
ett av trollen. Xian hämtade sig efter ett ögonblicks förvåning,
siktade och sköt, ytterligare ett troll drog ihop sig som en boll.
Armborstet började brumma för att spänna strängen igen, det tog
alldeles för lång tid under sådana här omständigheter. Under tiden
som Xians armborst jobbade för att spänna strängen slog först en
pil och sedan ytterligare en in i trollen vid mynningen. När Xian la
sin nästa pil på stocken och hastigt siktade mot platsen där trollen
tidigare varit så var allt redan över. Det låg bara ett antal runda
stenar, ja eller trollkadaver vid utgången. Det enda ljud som nu
hördes var rasslet från de trollen som fortfarande förföljde dem.
Lisa stod vid ingången och väste,

– Men kom då, det är fritt fram.

Hon försvann ut i det grå skymningsljuset likt en liten vit hermelin. Xian snubblade efter. Hon sprang förbi totalt nio bollar som tidigare varit vidriga spetstandstroll. Hur i hela friden hade det gått till? Själv hade hon ju bara tittat ner något ögonblick för att få pilen på plats i skåran. När hon sedan tittat upp igen hade den lilla lärlingen rensat hela ingången. En värdelös liten lärling hade mer eller mindre själv dräpt åtta troll. Hon själv hade lyckats dräpa ett, sedan hade hennes armborst behövt spänna sig igen. Det fanns inte tid att grubbla över det här nu, de måste iväg.

När Xian kom fram till hästarna satt Lisa redan på sin.

– Sätt fart, vänta inte på mig, ropade hon till Lisa.

Lisa försökte få sin häst att börja gå, men nu var det ju som så att Lisa inte kunde rida. När hästen väl började röra på sig så var det åt fel håll. Xian stönade, red förbi Lisa och ryckte åt sig tyglarna. Några sekunder senare sprängde de små hästarna iväg i galopp. Xian låg över halsen på sin häst och bakom henne gungade Lisa fram och tillbaka som en segelbåt i storm. (Alltså, på riktigt.) Lisa kunde verkligen inte rida. Hon var nog bra på mycket men rida, det kunde hon inte.

Bakom dem trängdes en hel hord av mongoliska spetstandstroll i grottans mynning för att försöka komma ut och fånga dessa

munsbitar som just flytt från deras håla. Xian borde kanske satt
fart mot muren men det gjorde hon inte. Hennes mål var den höjd
de hade haft sitt läger på natten innan. Fick de bara ett tillräckligt
stort försprång så fanns det en chans att trollen inte skulle hitta
dem. Hon hoppades på att månen skulle visa sig under natten, det
var det bästa skyddet mot spetstandingar då de inte gillade ljus.

Den ensamma höjden avtecknade sig som en stor bulle ute på den
öppna slätten, den låg tyst och svart mot den fortfarande ljusgrå
himlen. De red skyndsamt uppför den svaga sluttningen tills de
kom till toppen. Gräset var fortfarande nedtryckt efter deras
senaste besök. Månens halva skiva var redan uppe över horisonten.
Det blekt grå skymningsljuset byttes mot månens klara silverljus.
Xian tryckte ner de båda små hästarna så att de lade sig ner. Det
var inget konstigt med det, de var tränade för att lägga sig ner om
ryttaren ville det. När hästarna låg stilla satt Xian tyst och
studerade den märkliga lilla lärlingen.
– Vem är du egentligen? frågade hon när hon inte längre kunde
stilla sin nyfikenhet.
Lisa, som fortfarande stod upp, slutade studera marken nedanför
kullen. Hon ryckte på axlarna och sa till svar.
– Ingen särskild, jag har bara haft turen att få lära mig av Jan.
Hon trodde själv att det var så. Xian skakade på huvudet.

– Hur länge har du varit lärling? Du ser inte så gammal ut. Har du gått några specialkurser eller något sådant?

Lisa förstod inte riktigt vad det var som stod på, hon hade alltid tränat tillsammans med Jan och då var hon bäst på hinderbanan. I övrigt var han bättre på allt. Hon visste inte att hennes egen pappa och lärare var en levande legend inom byrån. Han var den som lyckades med det omöjliga. Ingen hade någonsin slagit honom i något av de moment som jägare tränades i. Hon var den första som slagit honom i hinderbanan och det efter bara två års träning. Jan var fortfarande bäst i att smyga tyst men det var en förstaplats som han delade med Lisa. Rör man sig så tyst att det inte hörs ett knyst så går det inte att röra sig tystare, (bara lika tyst) och Lisa rörde sig precis lika tyst som Jan. Hon ryckte på axlarna igen.

– Jag är bara mig själv, det får duga med det. Man kan bara göra sitt bästa. Efter att jag slutade skolan har jag har tränat i lite mer än två år.

Hon ryckte på axlarna ytterligare en gång.

– Jag har inte lärt mig så mycket ännu.

Xian såg på henne med tvivel i ögonen, förstod inte den här flickan hur bra hon var? Var det ingen som talat om det för henne? Hon ångrade sig nästan när hon tänkte på att hon själv bara hade varit elak och spydig mot Lisa. Lisa själv förstod inte att hon var bra på något särskilt, hon hade svårt att förstå att man inte kan vara bäst på allt.

Hon tyckte till exempel att det var väldigt pinsamt att hon varit tvungen att få hjälp med den där jädra hästen. Hon kände sig inte duktig alls just nu. den där jäkla ridningen var hon ju inte ett dugg bra på. Det var nog därför hon inte förstod att Xian var imponerad över att hon dräpt så många troll själv. För första gången i sitt liv hade Xian insett att även en liten och obetydlig lärling faktiskt kunde vara värd hennes respekt. Hon skämdes lite över att hon lurat ut Lisa utanför muren bara för att hon själv skulle försöka få chansen att dräpa trollens drottning. Hon hade varit så full av hat mot de vidriga spetstandingarna och ville på något sätt ge igen för att de tagit hennes vänner ifrån henne. Hon hade äntligen insett att den enda som egentligen var skyldig till detta var möjligtvis chefen, den skitstöveln, men absolut inte den här lilla lärlingen. Det var chefen som med felaktig information skickat ut ett par av sina jaktgrupper för att kontrollera vad som hände ute vid dalgångens mynning. Hon saknade Hui något otroligt. Plötsligt var det som om hon fått en snyting, hon saknade sin lärare! Lisa saknade också sin lärare, som dessutom var hennes riktiga pappa, och det hade Xian utnyttjat för att få Lisa att hjälpa henne genom porten. Vad är det för fel på mig, undrade hon samtidigt som hon slog sin knutna hand i pannan. Tusan, vad är det för fel på mig?

Lisa stod och spanade över den mörka slätten, någonstans där ute fanns Jan. Åh, hoppas allt är bra. Hennes ögon blänkte av tårar och hon fingrade som besatt på det lilla hjärtat hon hade om halsen. Tusen hemska saker som kunde ha hänt Jan spelades upp i hennes huvud, gång på gång. Hon kände sig totalt maktlös och utan någon förmåga att hjälpa honom. Hon visste ju inte ens vart han var. Hon snyftade tyst i den stilla natten. Månens bleka sken lyste upp hela den gräsklädda slätten och färgade det i ett gnistrande, silverfärgat böljande hav. Någonstans i fjärran skrek en räv sitt hesa skri.

Den gröna UAZ-jeepen stod högst upp på en skrovlig klippformation, Lo hade med högsta fart tagit satts och helt enkelt dundrat uppför slänten utan att för ett ögonblick ta foten från gaspedalen. Lu hade under tiden lindat säkerhetsbältet runt sitt ena ben och med sitt armborst laddat och klart helt enkelt ställt sig upp för att se omgivningarna bättre. De båda manliga jägarna som satt bak klamrade sig fast för glatta livet under tiden. De var helt övertygade om att bilen skulle välta och rulla ner från den branta klippa vilket ögonblick som helst. När den risiga jeepen nådde klippans topp hade Lo helt enkelt bara vridit ratten och stannat med en sladd. Dammet som revs upp rullade i ett stort moln nerför kanten på andra sidan. Lu hade redan lämnat bilen och trippade med lätta steg fram till kanten. Hon vände sig leende mot sin syster och gjorde tummen upp, här skulle inga troll komma upp. Bilen hade stannat vid kanten till ett nästan femton meter högt stup.

Josh och Jan var nu helt säkra på att de båda systrarna var spritt språngande galna. Jan släppte försiktigt det stålrör som satt likt en bur runt den öppna bilen, han var tvungen att bända loss handen. I sex timmar hade han krampaktigt hållit sig fast. Josh som normalt älskade att åka allt med motor hängde över kanten på bilens andra sida och spydde som en kalv. Lo och Lu hade redan kontrollerat den närmaste omgivningen och Lo hade börjat röja en liten yta mitt uppe på toppen. Jan stapplade ur bilen på stela ben och pekade frågande på den lilla fläcken av brunaktig, dammigt grus.

— Vi behöver värme, svarade Lo på den outtalade frågan.
Jan såg sig förvånat omkring, endast några glesa grästuvor växte på höjden.

— Vad tänker du elda med? frågade han, utan att kunna dölja sin förvåning.
Lo log och klappade honom på ena bröstplattan när hon gick förbi på väg mot bilen. Ur den fula jeepen plockade hon fram en ännu fulare, rostig dunk. Hon skakade på den och med ett nöjt flin gick

hon tillbaka till den lilla grop hon grävt. Några minuter senare brann det friskt i den rejäla pöl med diesel som Lo hade hällt ut i den grunda gropen. Svart rök bolmade upp från det skrovliga bergets topp.

Lo vred sig käckt mot Jan och slog ut med händerna.

– Tadaa, sa hon med ett fräckt leende.

Jan skakade uppgivet på huvudet och grimaserade. De här båda systrarna hade mer än en skruv som inte satt där den skulle. Lu bestämde att hon och hennes syster skulle turades om att vakta höjden. När de båda manliga jägarna försökte hjälpa till så fick de bara en vänlig klapp på axeln och en förklaring om att de bara var i vägen.

– Ta och sov lite, sa Lu med ett obekymrat leende.

Vad det än var som var fel på de här båda systrarna så var det inte humöret, de verkade ta hela livet med en enda stor klackspark.

Jan och Josh lade sig tillrätta i närheten av den illaluktande lägerelden, de tittade tvivlande på varandra. De båda systrarna stod och spanade längs den enda väg som ledde upp till klippans topp. De stod där, obekymrat pratande och med yviga gester, när de förklarade för varandra hur de skulle kunna lösa eventuella problem som kunde uppstå under natten. Deras långa svarta hår

fladdrade lätt i vinden när de stod och gestikulerade. Inga
murvakter hade rätt att bära trolljägarens huvudkrans inom byrån i
Kina.

Jan drog försiktigt sin stora båge närmare sig, han var inte alls
säker på att de där båda tokstollarna hade en aning om vad de hade
för problem framför sig. Han var däremot rätt så säker på att de
inte hade en aning om hur dessa eventuella problem skulle lösas.
Han vände sig bort från elden och stirrade ut över den mörka
slätten. De hade inte riktigt kommit hela vägen ut ur dalen, men
från klippan såg han det stora gräshavet breda ut sig. Han kisade
med ögonen och tyckte till och med att han kunde se den ensamma
höjd som de blivit flugna till under föregående natt. Den låg därute
på slätten som en stor svart bulle. Det var för långt bort för att han
skulle vara säker men för ett ögonblick tyckte han att han såg
något högst uppe på toppen som reflekterade månens ljus. Himlen
tände sina stjärnor en efter en och halvmånens bleka skärva spred
sitt silverfärgade ljus ute på den av gräs böljande slätten.
Någonstans nere i dalen skrek en räv.

Redan när gryningen bara var en tunn rosa strimma längs
horisonten satt Lisa och Xian upp i sadlarna och började ta sig ner
från kullens topp.

– Vi måste tillbaka till Baotou, förklarade Xian när de styrde sina borstiga små hästar mot dalens mynning. Jag vet inte vad de taggiga kräken håller på med men deras tunnel är på väg rakt mot muren. Jag tror inte att de klarar att gräva sig genom den men, hon tystande ett ögonblick innan hon fortsatte, i värsta fall kommer de att svärma någonstans i närheten av porten och då ligger vi illa till. Vi måste hinna tillbaka och varna chefen för att de kan dyka upp vid foten av muren.

Längs bergens taggiga sidor var mörkret fortfarande kompakt. Xian försökte hitta en väg så att de red där det var som ljusast. Hon styrde hästarna så att de red i den lilla strimma av ljus som lyckades ta sig ner till dalens botten. Tyvärr hjälpte det inte, inne i skuggorna bland klipporna började det rassla och prassla. Ganska snart hördes ljudet från flera olika håll. Deras små hästar hade nog kunnat springa ifrån de vidriga bestarna, men åt vilket håll var det säkrast att rida? Xian ryckte åter igen åt sig Lisas tyglar när hon red förbi och började dra Lisas häst efter sig. Hon chansade på att de skulle kunna komma fram till klipporna, för att där kunna klättra upp på någon avsats. De red för livet mot vad som, med lite tur, kunde vara säkerheten. Den säkerhet de letade efter fanns dock inte inne vid klippväggen. Där i skuggorna lurade en stor grupp av hungriga spetstandingar. Xian visste det inte men de red rakt mot

döden. En ond, bråd död som osynligt lurade i de mörka skuggorna
från bergen. En död som bara väntade på att de skulle rida rakt in i
deras vidriga, stinkande och vasstandade käftar.

Samtidigt ökade rasslet från andra sidan av dalen. Det verkade som
om alla skuggor vid bergens fot plötsligt fått liv. När Xian kastade
benen över hästens rygg och satt av hann hennes fötter bara nudda
marken innan de första vidriga bestarna lösgjorde sig från
skuggorna.

 De var bara ett tiotal meter bort och kom med rasslande taggar
skumpande fram ur mörkret. Hon vände sig om mot Lisa med
uppspärrade ögon.
 – Rid, skrek hon, rid så fort du kan, försvinn.
Lisa satt osäkert kvar på sin häst och såg hur Xian kastade upp sitt
armborst och skickade iväg en pil för att sedan släppa bågen och
dra sin långa klinga. Den stora gruppen med troll sinkades inte det
minsta av att den första vidriga besten plötsligt drog ihop sig till en
boll. De väste och visade sina avskyvärda gap mellan två tandrader
av sylvassa tänder. Det var först nu som Lisa förstod varför dessa,
egentligen ganska söta troll, kallades för spetstandingar. När de
närmade sig Xian gapade de stort för att försöka ta en tugga ur

jägarens kropp. Det var när de gapade hon såg de vita och mycket vassa tänderna.

Xian var skicklig, den saken stod klar ganska snart. Hennes klinga gick som en tunn linje fram och åter i luften. Varje troll som kom för nära låg ganska snart som en boll framför hennes fötter. Det började gå åt pipan först när allt fler troll trängdes runt henne. De slet och rev med sina långa klor, och de närmaste försökte bita henne. Lisa kom ur sin tillfälliga förlamning och klättrade klumpigt av hästen. Hon lämnade sin båge kvar på sadeln, hennes pilar tog slut redan när de tog sig ut ur grottan. När hon väl stod med fötter på marken så var hon åter sitt gamla jag. Nu var hon snabbare än de flesta och smidig som en katt. Hon drog sina båda svärd, ett långt med en liten sotad träbit i klingan och ett kortare, hennes favoritsvärd, som hon en gång fått av Jan. Det svärdet var den första gåva hon någonsin fått. Xian stod fortfarande upp men hon var nu helt omringad av de vidriga trollen. Hade hon inte burit en rustning av drakskinn och stålplåt så hade hon inte klarat sig så här länge. Nu var hon fortfarande i livet men knuffades runt som en vante mitt i horden av bestar. Lisa kastade sig in i striden, hon hoppade och skuttade samtidigt som hon slog ut med sina båda klingor så fort hon såg en möjlighet. Det tog henne ingen lång tid att rensa upp en väg fram till Xian. Till slut stod det två unga kvinnorna bredvid varandra. Xian skrek till Lisa,

– Försök komma in till klippväggen.

Hon stötte med sin klinga och ytterligare ett troll rullade ihop sig.

– Nu, försök nå klippan nu.

Lisa tog ett högt språng och sköt ifrån mot en av de runda bollarna som tidigare varit ett troll. Hon landade vigt invid klippans fot och slog omgående ut med sin stora klinga, ett troll mindre. Ganska snart lyckades även Xian att ta sig in bredvid Lisa. Flämtande och stönande slogs de vidare, de stod inklämda mellan två utstickande klippor.

– Var beredd, skrek Lisa, när jag säger till håller du upp din hand.

Xian förstod just då ingenting. Hon stack och slog med sitt svärd så fort hon kunde men det kom alltid ett nytt troll och fyllde upp det tomrum som hennes hugg skapade. Hon kände inom sig att det här var slutet, här skulle deras äventyr få ett smärtsamt slut, precis den här platsen skulle bli deras slutstation i livets resa.

– NU, upp med armen.

Xian blev helt förvirrad, rösten kom uppifrån. Hon kunde inte för ett ögonblick släppa trollhorden med blicken men chansade ändå på att sticka upp sin lediga hand i luften. Ett par händer tog tag i henne och drog.

– Skjut ifrån och sätt fötterna mot klippväggen, ropade Lisa.

Xian kände hur hon lyfte och med lite hjälp kunde hon faktiskt hålla sig kvar mellan klipputsprången. Hennes fötter var bara precis utanför trollens räckvidd.

– Vi måste upp högre, klarar du dig? frågade Lisa som likt en groda skuttade uppåt med ett ben mot varje klipputsprång.
Xian försökte göra likadant men hon fick inget fäste och höll på att rasa ner till marken igen.

– Skjut ifrån, såja, håll emot.
Lisa hade på något sätt skuttat ner igen och drog nu Xian med sig upp allt högre. Hennes hand höll i Xians krage samtidigt som hon med korta skutt pumpade uppåt längs klippväggen. Ganska snart hade Xian kommit så högt upp att hon kunde se deras två hästar som i vild panik sprang ut mot slätten. Kloka djur tänkte hon, de kommer att springa ifrån de troll som jagar dem och trollen kommer att vara långt ute på slätten när solen går upp. Mongoliska spetstandstroll tillhörde de troll som var sämst på att klara solljus. De där två kommer att klara sig fint, tänkte hon.

Xian stod nu med fötterna pressade mot de två klipputsprångens sidor, hon kände hela tiden att hon var på väg att glida neråt. Hon var tvungen att använda även händerna för att hålla emot. Med naglarna krafsade hon mot bergssidorna i hopp om att hitta ett litet fäste. Där stod Xian och förtvivlat försökte hålla sig kvar samtidigt

som minst trettio troll försökte nå henne nerifrån. De vidriga
bestarna försökte på alla möjliga sätt att klättra upp längs
bergssidan. Det gick inte särskilt bra för dem, spetstandingar var
helt enkelt inget bra på att klättra. Lisa kom skuttande nerför
bergssidan. Hon stannade bakom Xian.

– Hej, sa hon glatt samtidigt som hon lyfte av det stora
armborstet från Xians rygg. Med andra handen plockade hon åt sig
en knippa av de korta pilarna som Xian hade i sitt koger.

– Vänta kvar här, sa Lisa, sedan skuttade hon uppåt längs
bergssidan igen. Med armborstet i händerna använde hon bara
benen för att likt en fluga klättra runt bland skrevorna.

– Röd eller grön knapp? ropade hon frågande.
Xian hade fortfarande inte hämtat sig från Lisas förra kommentar,
den om att Xian skulle vänta där hon var. Rörde hon ett enda
finger så var hon säker på att hon skulle rasa ner till marken och
bli uppäten.

– Grön, stönade hon, sedan lägger du bara en pil i skåran och
siktar. Tryck av lugnt och fint, ryck inte i avtryckaren.
Hennes armar hade domnat och benen skakade som kastanjetter.
Xian svettades, det värkte i hela kroppen. Hon skulle inte klara sig
länge till på bergsväggen. Med en försiktig vridning på huvudet
kastade hon en hastig blick uppåt. Högt över henne stod Lisa
tillsynes obekymrad med ett ben på vardera sidan av klyftan och

sköt det ena trollet efter det andra. Hur många troll hade de egentligen dräpt? Xian hade för länge sedan tappat räkningen. Händer var fuktiga av svett och hon fick allt svårare att få fäste mot bergets sida. Hon försökte ändra lite på sina händers grepp mot berget men hur hon än försökte så fick hon inte något bra fäste. Plötsligt, utan förvarning tappade hon fotfästet med vänsterfoten. Hon tumlade med ett skrik huvudstupa rakt ner i gruppen med ilskna troll som väntade under henne. Med en dov duns slog hon i den dammiga marken. De vidriga trollen gjorde ett förvånat uppehåll i sina försök att klättra upp längs bergssidan. En munsbit hade fallit rakt ner framför deras fötter. Efter ett kort uppehåll vände de sin uppmärksamhet mot den nu serverade maten som låg på marken mitt ibland dem. Hon försökte att dra sitt svärd men det hade fastnat under henne, hon var hjälplös. Trollen hamrade och slog på hennes rustning, till slut blev allting mörkt och tyst. Det sista hon hörde var ett gällt skrik som om någon åkt i en otäck bergodalbana.

Josh stäckte på sig i det grå morgonljuset, han var tydligen den sista av gruppens medlemmar som vaknat. Han hostade och spottade ut en kolsvart snorloska. Han hade haft oturen att ligga på fel sida av den dieseleld som en av systrarna hade tänt i gårkväll. Den hade förvisso värmt dem under natten men ligger du i röken så mår du inget vidare på morgonen. Lu stod vid klippkanten och pekade ut något för Lo.

– Där borta, ser du?

Lo kisade.

– Två hästar och bakom dem är det ett gäng troll. Jo, jag ser.

– Var kom de ifrån? Vi drar dit och kollar, sa Lo till Lu.

De gjorde en hi five och kastade in sina prylar i bilen.

– Kom igen, det är ett par hästar där nere. Vi drar dit och kollar, ropade hon till de båda grabbarna, eller, ja, gubbarna.

Jan var snabbt klar och satt snart på sin plats bak i bilen, Josh kom strax efter. De båda systrarna satt redan i bilen och vevade upp sina armborst. De gjorde det med hjälp av en vev som man efter varje skott var tvungen att sätta fast på stocken. De var murvakter och hade inte tillgång till de automatiska armborsten. När spärrhaken fångat strängen ställde de sina vapen nere vid fötterna. Det var ingen idé att lägga en pil i skåran, den skulle bara hoppa ur under färden ner till dalens botten.

– Tjohoo, tjöt Lo samtidigt som hon tryckte gasen i botten. Bilen tippade över kanten och föll först fritt en liten stund innan hjulen nuddade klippväggen. Bilen och dess passagerare hade påbörjade en vansinnig och absolut livsfarlig resa ner till botten av dalen. De båda grabbarna bak i bilen bleknade. De höll först andan för att sedan öppna sina munnar på vid gavel och börja tjuta som ett brandlarm. När bilen väl kommit ner på den något jämnare dalbotten körde Lo så att dammet stod som ett moln kring bilen. Lu stod upp i passagerarsätet, hon pekade med ena handen fram över motorhuven.

– Kör, whoohoo, där, kör dit bort.

Hon hade sett en mindre grupp troll som höll på med något på den motsatta sidan av dalen. Jan försökte förtvivlat att stränga sin båge i den hoppande och skuttande jeepen. Hur han än försökte så gick det inte, han behövde använda båda sina händer men det fanns inte en chans att han skulle släppa sitt grepp om bilens stålbåge. De här galna kvinnorna skulle förmodligen lyckas köra ihjäl dem allihop innan de hunnit fram till andra sidan av dalen. Han gav till slut upp och lade bågen bredvid sig. Bilen dundrade fram i en för en UAZ våldsamt hög hastighet, åttiosju kilometer i timmen.

Lisa slutade att skjuta och såg med förvåning ner mot marken. Hon upptäckte att Xian plötsligt tumlat ner från bergsväggen och snabbt uppslukats av troll-hopen. Hon slängde iväg ett sista skott innan hon släppte bågen och drog sina svärd. Med ett vilt tjut sköt hon ifrån och skuttade ner längs bergsväggen för att med en avslutande volt landa utanför den vidriga gruppen av troll. De hade nu fullt upp med att försöka komma igenom Xians rustning. Lisas lilla hjärtformade smycke som hon normalt hade instoppat under

brynjan halkade ut och hängde nu fullt synligt runt hennes hals.
Där stod hon, med benen brett isär, knäna lätt böjda och
överkroppen något framåtlutad. Hennes huva var uppfälld och
armarna höll hon lite ut från kroppen så att de båda svärden nästan
såg ut som två nedåtriktade vingar. Som ett farligt rovdjur beredd
att anfalla. Hon lyfte blicken och väste med sammanbitna tänder
mot trollen. Dessa vände sig bort från Xian och närmade sig
nyfiket Lisa. Deras stora, sorgsna ögon lyste tydligt blå i det tidiga
morgonljuset. De närmade sig men var inte alls lika hotfulla som
tidigare. Plötsligt slutade de rassla med sina huvudtaggar och
började utstöta ett kvirrande ljud som inte alls lät hotfullt. Trollen
satte sig avvaktande runt henne och fällde ner sina taggar så att de
istället för piggsvin nu såg ut som vattenkammade skolpojkar, ja
alltså, fula vattenkammade skolpojkar. Lisa förstod ingenting, nyss
försökte de slita henne i stycken och nu satt de runt henne som om
de väntade på att få godis. Hennes ögon följde vaksamt varje
rörelse de gjorde men något sa henne att de inte längre utgjorde
något hot. Xian stönade borta vid klippväggen, och Lisa banade
sig försiktigt fram mellan de märkligt fromma trollen. De såg inte
alls farliga ut nu när de satt helt stilla med taggar och öron
bakåtfällda. De stora sorgsna ögonen följde Lisas varje rörelse.
Vad i hela friden var det som höll på att hända här, hade de där
jädrans bestarna plötsligt blivit snälla? Xian lyfte försiktigt på

huvudet och såg sig förvirrat omkring,

– Vad gör de? kraxade hon med hes röst.

Hon såg rätt illa åtgången ut men klarade att sätta sig upp. Hennes ögon gick från Lisa till de stillsamma trollen som nu följde Lisa med blicken, de såg ut som fogliga husdjur, ivriga att göra vad Lisa sa åt dem. Xian drog fram sitt vattenskinn men suckade och släppte det igen. De här vattenskinnen tål tydligen inte någonting, det här var också trasigt. Hon viftade med handen mot Lisa och frågade om hon hade något vatten kvar. Lisa lossade sin vattenflaska från bältet och slängde den till Xian. Hon satte sig ner bredvid henne och tittade förvirrat på spetstandingarna som bara satt där och tittade tillbaka.

Lisa reste sig igen och gick försiktigt fram till det närmaste trollet, hon gick ett varv runt det och studerade det noggrant. Taggarna på huvudet var minst tre decimeter långa och låg nu bakåt, tätt mot huvudet. Den korta, runda kroppen var helt brun men med en kort, gles päls som tätnade ner mot benen. Det såg nästan ut som de hade hängselbyxor av päls på sig. En kort svans som hade en liten taggig boll längst ut viftade lite när Lisa rörde vid trollet. De stora ögonen såg verkligen sorgsna ut, det var nästan så att Lisa tyckte synd om trollet. Det enda som fortfarande såg hotfullt ut var de långa klorna som satt som fyra långa knivar längst ut på dess labbar. Hon klappade det på huvudet och vände för att gå tillbaka till Xian. Ett motordån från någon sorts lastbil hördes plötsligt svagt, Lisa vände sig tveksamt om och spanade ut över dalen. Hon hörde att ljudet blev högre och högre men hon kunde inte se var bilen var. Hon suckade och slog sig ner bredvid Xian igen. Trollen som fortfarande satt kvar framför dem kvirrade och hasade sig närmare, de satte sig nu som en liten skolklass framför dem. Runt kanten av det ena klipputsprånget kom plötsligt en ful, grön och stor jeep i en himla fart. En vilt tjutande kvinna stod upp bredvid föraren och sköt en av de korta armborstpilarna in i ett av de bortre trollen. Ögonblicket senare brakade bilen rakt in i högen med fogliga troll, de for som käglor åt alla håll. I ett moln av damm stannade bilen och ur den skuttade två vilt skrikande kvinnor i den typiskt svarta rustningen som alla kinesiska jägare bar. Deras långa, lätt böjda klingor ven i luften när de högg in på de förvirrade trollen. Innan Lisa hunnit säga ett ord hade de dräpt alla som fortfarande var i livet. Lisa såg förvånat bort mot bilen, ögon tårades när hon såg något hon inte trodde var sant. Jan, han satt där, han satt bak i bilen. Lisa såg att han verkade helt förstörd. Vad i hela friden var det för hemskheter han hade råkat ut för? Lisa ställde sig upp på ostadiga ben och gick tveksamt mot bilen, levde han?

Jan bände skräckslaget loss sina händer som vid det här laget hade börjat göra märken i stålröret kring bilen. Herre min skapare, de här totaltokiga tjejerna kommer att bli min död. Han hade ingen avsikt att sätta sig i bilen igen om någon av systrarna skulle köra, han tänkte gå hem. På ostadiga ben klättrade han ner från bilen. Marken kändes underbar under hans fötter, det var nästan så att han hade velat kyssa den. En välbekant röst ekade plötsligt i dalen och fick tiden att stanna för honom.

– PAPP… hon ångrade sig.

– JAN, skrek Lisa istället och kastade sig i hans famn. Vad har hänt? Du ser förskräcklig ut, du är helt vit i ansiktet, har du gjort dig illa igen?

Jan kramade henne hårt utan att lyssna på vad hon mumlade om där inne i hans stora famn. Han kastade istället ur sig sina egna frågor så allt blev väldigt förvirrande.

– Var har du varit? Du skrämde nästan livet ur mig när du bara försvann, vad är det som har hänt? Är du oskadd? Du kan inte bara försvinna så där! Fattar du inte att jag blir orolig? Gumman, du får inte försvinna.

Så där höll de på en god stund innan de till slut lugnade ner sig. De stod länge i skuggan av bergen och höll om varandra. Xian satt i dammet lutad mot klippväggen och såg de två återförenas. Hon log utan att veta om det själv, det såg så fint ut. Josh hade under tiden smygande flyttat sig från baksätet till förarsätet på bilen. Inte en chans att han skulle tillåta att någon av de galna systrarna körde dem tillbaka till porten. De båda systrarna var för tillfället upptagna med någon egendomlig form av segerdans. Xian tog sig mödosamt upp på fötter och haltade fram till Jan och Lisa.

– Hur är det med dig då? frågade Jan samtidigt som han pekade på de två systrarna med en frågande min.

– Jag är ganska okej, lite öm och mörbultad bara, svarade Xian innan hon såg på de båda murvakterna och tillade att nej, det där är inte normalt här heller.

12 Den skyddande muren

Det blev till en början trångt i bilen, den var helt enkelt inte byggd för sex passagerare. Josh hade satt sig bakom ratten och tvärvägrade att flytta på sig. Jan klättrade in och satte sig bredvid i passagerarsätet. Ju längre bort de båda systrarna kunde hållas från ratten desto bättre. Hästarna var redan för långt bort för att det skulle finnas någon möjlighet att hitta dem. De fick klara sig hem på egen hand. Ingen av männen tänkte låta Lo eller, ännu värre, hennes ännu tokigare syster Lu komma i närheten av förarsätet igen. I baksätet satt en mörbultad Xian och Lisa. Lo och Lu trängde först också ner sig i baksätet men Xian började då oja sig över att det blev för trångt. Hennes ömmande kropp klarade inte av knuffandet och buffandet i det överfulla sätet. De båda systrarna hoppade till slut över kanten och ställde sig på den bakre kofångaren. De var tillräckligt tokiga för att tycka att det var roligt. De skrek vilt och hojtade åt Josh att köra fortare. Bilen, som nu uppträdde som en bil och inte som en hoppande groda, rullade lugnt på i den första morgonsolen. Xian började förklara för dem som inte varit med,

– Vi var vid grottan, det är inte någon grotta utan snarare en
tunnel. Den går rakt mot muren och när vi var där grävde de små
kräken fortfarande. Vi var säkert ett par kilometer in men vi såg
inte var den slutade. Jan vände sig om i sätet och stirrade tvivlande
på Lisa.

– Var du inne i ett mongoliskt spetstandstrollsnäste? Och flera
kilometer inne i det? Hur i hela friden tänkte du? Du måste väl
förstå att det är superfarligt? Snälla du, hur tänkte du?
Lisa skruvade på sig och visste inte riktigt vad hon skulle svara.
Hon hade ju försökt hitta honom och Xian hade antytt att han nog
var inne i grottan. Det slutade med att hon bara tittade ner på sina
fötter och ryckte på axlarna. Xian avbröt Jans utfrågning.

– Följer de dalgången så är det i närheten av muren de kommer
att svärma. Har ni fått med er en radio så vi kan varna murvakten?
Josh pekade på instrumentpanelen där radion satt. Det hade varit
en bra radio tills en av de båda tokiga systrarna fått för sig att
försöka prata i den samtidigt som den andra körde som en biltjuv.
Hon hade hoppat så högt i passagerarsätet att sladden ryckts ur sitt
fäste. Efter det var inte radion lika bra längre.

– Skit, muttrade Xian, vi får ge järnet in mot porten så att vi
hinner före en eventuell svärmning.
Josh vände sig om i förarsätet och såg länge på henne, det gick att
göra så i dalen utanför muren då det var väldigt lite trafik ute i

Gobiöknen.

– Det här är så fort bilen går, sa han med en bestämd min innan han vände sig framåt igen.

Jan klappade honom tacksamt på axeln och log. Den fula UAZ-jeepen hade förvisso gått betydligt fortare om den körts av någon av de båda systrarna som klängde sig fast bak på kofångaren. Det var dock inget som Jan eller Josh tänkte upplysa Xian om. Bilen lufsade på i tjugosju kilometer i timmen, tryggt och säkert. Xian hade berättat allt de sett, även hur trollen plötsligt blivit fogliga som lamm när Lisa hade varit i närheten. Jan, som var den som varit vid byrån längst funderade länge innan han svarade,

– Blåskimrande ögon och fogliga, det stämmer inte in på någon historia jag någonsin hört. Du får nog ta och berätta den för den gamle i tornet när vi kommer till Baotou. Han är nog den enda som skulle kunna veta något.

Här kan det krävas en liten förklaring. Den gamle i tornet, var den förra chefen för hela Byrån för ovanliga händelser. Han hade varit med om det mesta som hänt inom byrån. Byråns hela arkiv fanns dessutom i tornet, eller, det är egentligen inte något torn, mer en väldigt hög byggnad. Den låg dessutom inte i Kina utan i en helt annan världsdel. Hur som helst, han hade tillgång till alla skrivna redogörelser för vad som hänt och när det hänt samt i de flesta fall också var det hänt.

Bilen hade lunkat på i några timmar när Josh plötsligt girade tvärt och stannade. Ingen av de övriga hade varit beredda på att bilen plötsligt skulle svänga häftigt åt vänster. Resultatet blev att Jan, Lisa och Xian vaknade ur sina dagdrömmar. De båda småtokiga systrarna som fortfarande stod bak på kofångaren tumlade av med ett förvånat och gemensamt pipande läte. Under höga och synnerligen ilskna skrik rullade de sedan runt i dammet bakom bilen. Xian frågade förvånat,

– Vad i hela friden gör du?

Längre hann hon inte innan hon blev överröstad av två arga, och väldigt skitiga, systrar som överöste Josh med svordomar på Mandarin.

– Murmeldjur, sa Josh när systrarna för ett ögonblick tystnade. Han pekade framför sig, hela dalen kryllade av de fluffiga gnagarna, det satt murmeldjur ta mig tusan överallt. De andra tystnade och såg sig förvånat omkring. De som satt i bilen vill säga, de två systrarna som stod utanför hade fullt upp med att muttra och plocka bort gräs och jord från varandras rustningar. I hela den avsmalnande dalen framför dem killade små murmeldjur omkring. Normalt hade de likt bruna skuggor försvunnit ner i sina hålor när de anade fara men nu kilade de bara undan. De sprang från en grästuva till en annan. Faktum var att de inte såg ett enda murmeldjur som återvände ner i sin håla i marken.

De började försiktigt rulla igen. Långt bort i dalens slut såg de muren som en rak, svart linje mot himlens blå bakgrund.

Högt uppe på den klara himlen började örnarna cirkla, de hade också märkt att murmeldjuren inte gick ner i sina hålor. De stora fåglarnas vingar avtecknade sig som svara linjer högt uppe i skyn. Ett och annat skri hördes högt där uppifrån när de kallade på varandra, här fanns det mat i överflöd. De kallade in fler fåglar för att delta i kalaset. Xian såg sig oroligt omkring.

– Något skrämmer dem, de vågar inte gå ner i sina hålor. Vad det än var som skrämde de små murmeldjuren så var det tydligen något under marken. Något som de små djuren ansåg vara betydligt farligare än de stora örnarna som nu började dyka för att ta för sig.

John Clark gick och surade uppe på muren. Han hade försökt få sin fru att gå med på att åka till en annan del av den superlånga muren. Här mellan dessa två klippväggar var ju den rackarns muren som om den varit ny. I nästan en veckas tid hade han försökt hitta en lös bit. Han hade till och med vid ett par tillfällen när vakterna, eller turistguiderna eller vad de nu var, inte betraktat honom försökt bryta loss en liten bit från muren. Det hade misslyckats, den rackarns byggnaden ville inte lämna ifrån sig minsta lilla flisa.

John ville väldigt gärna ha en liten bit av muren med sig hem. Han behövde en souvenir som han kunde visa sina vänner där hemma, helst något som var lite förbjudet och som inte gick att köpa. Den fula magväskan satt alltjämt på magen på honom och i den fanns fortfarande hans videokamera. Han hängde på det kraftiga bröstvärnet och stirrade frånvarande ut över det ödsliga landskapet. Utanför muren stäckte det väldiga Mongoliet ut sig, trodde han i alla fall, han var inte helt säker. Det var hur som helst en dammig stäppöken på utsidan. Plötsligt upptäckte han att ur marken i närheten av murens fot började det springa upp massor av små bruna djur. Han trevade i sin magväska och fick fram sin kamera. De små djuren sprang lite huller om buller nere i den trånga klyftan. Videokameran hade perfekt ljus så han kunde filma de små liven i deras irrande. Ett gällt skri fick honom att hoppa till. En örn, den lät precis som örnarna gjorde hemma i USA. Han vände kameran uppåt mot himlen. Ljuset förstörde alltihop, det var omöjligt att få en bra bild på fågeln. Han fick flytta sig så att han hamnade i skuggan från ett av de stora vakttornen. Nu, nu hade han en perfekt möjlighet att filma ett av dessa majestätiska djur. Var var den nu då? Där, med den rutin som en van amatörfilmare har zoomade han in fågeln. När han följde fågelns cirklande rörelser högt uppe i skyn fick han plötsligt in ytterligare en i bilden. Han sänkte kameran i förvåning och kisade mot det bländande ljuset. Det var inte bara en fågel, det var massor. Deras stora breda vingar såg kolsvarta ut mot den ljusa himlen. Han lyfte kameran igen och började filma. Han visste precis vad han skulle kalla filmen när den var klar, Svarta vingar över muren. Det var ett perfekt namn på en sådan här rulle.

Inne på den tillfällige chefens kontor (den ordinarie hade inte riktigt återhämtat sig efter sin ofrivilliga flygtur tvärs över sitt eget stora kontor) blinkade röda lampor på den lilla larmtablån. Det var aktivitet utanför muren, massor av aktivitet. Hon tvekade inte en sekund, den stora larmknappen som satt på skrivbordet trycktes in och en hel massa sirener började tjuta utanför. Hon visste inte vad som var på gång men hon ville ha upp sina flickor på muren omedelbart. En vibrerande krängning i marken var det första som märktes, inget märkvärdigt men ändå något som inte var helt normalt. Hon slängde sin rustning över axeln, tog sitt armborst och gav sig av mot den lilla porten. Det var där hon hade sin post. Hon stängde tankfullt den stora röda dörren till kontoret. Med en bister min bestämde hon sig för att meddela den tillfälligt sjukskrivna chefen att något av stor vikt var på väg att hända. Tveksamt och något motvilligt styrde hon sina steg genom den lyxiga korridoren bort mot chefens rum.

Med en försiktig knackning på dörren väcktes chefen i sin luxuösa svit. Han muttrade surt och haltade fram till dörren för att öppna.

Det var inget större fel på honom, lite blåmärken och en bula, inget

annat. Han ville bara inte vara i närheten av den där fördömda

nordbon. Den som hade kastat honom som en trasdocka tvärs över

rummet. När han öppnade anlade han en snorkig min.

– Vad är det som du inte klara av utan att störa mig? frågade han

surt.

Mary Lee stelnade till och samlade sig innan hon lugnt svarade,

– Jag har larmat ut samtlig personal. Någonting stort är på gång

men vi vet för närvarande inte vad.

Chefen gjorde en grimas innan han svarade,

– Det kanske var dumt av mig att tro att en kvinna skulle klara av

att sköta mitt jobb, om än bara tillfälligt.

Han valde att ta på sig en elegant jacka istället för sin klumpiga

rustning, sitt svärd vägde han lite tveksamt i händerna innan han

bestämde sig och snörde fast det runt midjan.

– Jag tar över, snäste han och viftade avfärdande med handen

som om han jagade bort en irriterande fluga. Återgå till din

tidigare tjänst, och försök att få dina hopplösa töser att göra lite

nytta!

Mary bleknade av ilska men bet ihop käkarna för att inte säga

något dumt. Hon nickade bara och gick iväg med smällande

klackar genom den lyxiga korridoren. Inte ens den tjocka

heltäckningsmattan lyckade dämpa ljudet från hennes ilskna steg. Det var med blandade känslor hon återgick till att ta hand om sina flickor. Hon var lättad över att få göra något som hon visste att hon var bra på, men hon var också orolig över att deras stroppige chef inte skulle klara av jobbet om saker gick fel och spetstandingarna lyckades komma in över muren. Hon skakade av sig den obehagliga känslan och småsprang ner mot den lilla porten. I skuggan av den enorma muren stannade hon. Marken skälvde till, inte mycket men det var tillräckligt för att fåglarna som suttit i de kala träden skulle flyga i panik åt alla håll. Hon skyndande sig till porten.

– Hur ser det ut? ropade hon redan innan hon hunnit ända fram. Vakten vände sig om för att svara men ångrade sig och pekade istället ut genom det lilla gallerförsedda fönstret som satt i porten. Mary gick förbi flickan och kisade ut i det disiga dammet som svävade i luften utanför muren. Långt bort såg hon en av murvakternas bilar långsamt närma sig. Hon såg med en gång att något var fel. Bilen körde mycket långsammare än vad som var normalt.

– Öppna porten! ropade hon utan att vända sig om.
Genast började vakten att stöka med den stora tvärslån som höll porten stängd. Ett ökande motordån från den stora grusplanen utanför huvudkontoret fick Mary att hastigt vända sig om. Chefen

hade tydligen samlat samtliga jägare och skickade nu ut dem med hjälp av de stora grå och mycket högljudda helikoptrarna. Han stod där på sista steget av trappan upp mot huset och vevade med båda armarna.

– Den lille skiten verkar tro att han är en ny Napoleon, muttrade hon med en ogillande min.

Den sista av de stora maskinerna dånade iväg ut över muren. Långsamt blev den mindre och mindre tills den endast var en liten prick vid horisonten. Chefen log nöjt och myste för sig själv.

– Så där ja, nu är jakten igång, mumlade han för sig själv.

Han hade skickat halva styrkan till den grotta där de visste att trollen höll till. Andra hälften skulle rensa upp i området längst ut i dalen, där den stora slätten började. Han vände sig om för att börja gå uppför den breda trappan när något fångade hans uppmärksamhet. Det såg ut som om det rök ur marken och den verkade röra på sig mellan huset och muren. Mer av nyfikenhet än av arbetslust bestämde han sig för att ta en titt. Han gick långsamt närmare men började sedan tveka. Han skulle kanske gå tillbaka till kontoret och skicka iväg den där anmälan mot den rysliga nordbon innan han gjorde något annat. Han funderade en kort stund innan han bestämde sig. Jo, han skulle se till att den där Jan fick sparken innan han gjorde något annat. Med bestämda och spänstiga steg vände han och började gå tillbaka mot den stora

151

trappan.

John Clark var överförtjust, de märkliga skakningarna i marken
hade fått små bitar av murens murbruk att lossna både här och där.
Han plockade på sig så många bitar han hittade innan han bryskt
blev avvisad från murens krön av en av de där teatervakterna. John
hade inte en aning om att de som han kallade teatervakter i själva
verket var Byrån för ovanliga händelsers murvakter. De var
yrkesmän, ja, de flesta var faktiskt kvinnor, som fungerade ungefär
som flygvärdinnor. Fungerade allt som det skulle så var de till för
att gästerna skulle få en trevlig upplevelse. Hände det något
allvarligt så var de till för att skydda gästerna och se till att de kom
i säkerhet. Vältränade säkerhetsarbetare helt enkelt, precis som
vanliga flygvärdinnor. Nu föste en av dessa vakter ner John från
muren. John försökte protestera men kom av sig när en tio meter
lång del av muren plötsligt sjönk flera meter. Muren som tidigare
varit rak hade nu en stor svacka. Den som såg ut som en sådan där
konstruktion som skateboardåkare använde sig av för att åka fram
och tillbaka. Ett ögonblick senare skakade hela muren och ett
brakande muller ekade genom dalen. Han stirrade förfärat över
axeln när han föstes vidare. På båda sidor av svackan i muren
dammade det kraftigt som om en jättestor fläkt som plötsligt slagit
igång under marken. Luften tycktes plötsligt vara full av det bruna

dammet. Solskenet skar som laserstrålar ner i det stora dammolnet
som nu låg över hela dalens bredd. Det var svårt att se något alls.

Mary sprang bort från muren när den skakade som om en jätte
slagit på den. Tegelbitar och murbruk regnade ner runt omkring
henne. Hon visslade till när hon såg att muren sjunkit ner i marken
men fortfarande stod upp.

– Hon tål mycket den gamla damen, mumlade hon imponerat.
Den unge vakten hade fått ge upp sina försök att öppna porten.
Muren hade slagit sig och porten var fastkilad och skulle inte gå att
öppna hur mycket än vakten drog. Den bil som närmat sig utifrån
hade stannat ett hundratal meter från porten. Det såg ut som om de
som satt i den tvekade om vad de nu skulle ta sig för. Mary kände
igen sina murvakter, Lo och Lu.
– Porten går inte att öppna, ropade hon så högt hon kunde.
Hon drog efter andan för att fortsätta men blev avbruten av ett
muller som kom från båda sidor av muren. Plötsligt brakade det till
borta vid trappan till huvudkontoret. Hela trappan och delar av den
stora grusplanen försvann ner i underjorden. Ett enormt hål hade
öppnat sig på gårdsplanen framför det eleganta huset. Den stora
muren hade blivit besegrad och hela Kina låg nu öppet för de
vidriga spetstandingarna.

Chefen gick med raska steg uppför trappan för att ta itu med den där otrevlige mannens vidare öde inom byrån. Plötsligt svajade han till och tappade nästan balansen. Oj, vad var det där? Damm puffade upp mellan trappans massiva stenar. Han böjde sig ner för att se bättre, visst var det något som rörde sig i springan mellan stenarna, tänkte han. De tankarna följda av ett ynkligt "hjälp" var det sista chefen för den kinesiska avdelningen hann med innan marken öppnade sig och han försvann ner i underjorden. En underjord som var full av ilskna och mycket hungriga spetstrandstroll.

John Clark såg allting som hände men då han var en Trygg så förstod han ingenting av det han såg. Han såg en lokal jordbävning, han såg inte det största hotet mot Kina som land och Asien som världsdel. Han såg inte att hela innerplanen vid det stora huset plötsligt myllrade av troll. Muren hade rämnat och Kina låg nu öppet som ett enda stort smörgåsbord för de mongoliska spetstandstrollen.

13 Genombrott

Den fula UAZen rullade försiktigt vidare mot vad som kallades den lilla porten. Det var den som användes när man inte behövde använda den stora. Med hundra meter kvar stannade Josh plötsligt bilen och sa med förvånad röst,

– Vad i hela fridens namn var det där?

Han hade känt en liten vibration i ratten. De övriga stirrade bort mot murens mitt. Där dammade det förfärligt från marken utan att man riktigt kunde säga vad det var som fick det att damma. Josh började försiktigt att rulla mot platsen med det konstiga dammolnet. De hade inte kommit många meter när hela dalen plötsligt verkade skaka. Med skräck och förfäran i blicken kunde de se en stor del av muren sjunka ner i marken. Det hände just där det tidigare dammat.

– Kör, skrek Xian, kör fort som tusan.

Josh tyckte nog att det var lite oklart åt vilket håll hon ville att han skulle köra. Han chansade och körde rakt mot stället där muren sjunkit. Jan ställde sig långsamt upp i passagerarsätet och blickade förvirrat upp mot muren. Den tidigare så eleganta tegelbyggnaden såg plötsligt ut som en rivningskåk.

De perfekta raderna av tegelstenar bröts till ett virrvarr och satt huller om buller vid den del som sjunkit. Någon (Jan visste inte vem) hade ropat från muren att det inte gick att öppna porten. Xian ville att de skulle försöka klättra uppför den del som rasat.

– Det är vår enda chans att komma in, sa hon innan hon slängde en blick på Lisa.

– Ja, utom för henne förstås, hon kan springa över muren var som helst.

Allas ögon vändes nu mot Lisa.

– Kan du verkligen ta dig över den där? Jan och pekade mot muren. Han såg ytterst tveksam ut när hans blick flackade mellan Lisa och den höga muren.

Lisa nickade och svarade att det förmodligen skulle vara ganska lätt att komma upp där muren rasat. Hela muren var ju full av sprickor och håligheter. Hon skuttade ur den fortfarande rullande bilen och började springa bredvid.

– Det ser nästan ut som en trappa precis där den trasiga delen börjar, sa hon. Följ mig och sätt fötterna där jag sätter mina.

De båda systrarna och Xian nappade på förslaget men både Jan och Josh tvekade. De båda veteranerna misstänkte att de helt enkelt var för gamla för en sådan klättring. Josh var dessutom rätt så säker på att han inte hade kondition nog för att nå krönet. Han tyckte inte ens om att gå i vanliga trappor. Lisa lade huvudet lite på sned, hon stod så ett par sekunder innan hon plötsligt tog fart och for uppför murens trasiga vägg. Xian gjorde sitt bästa för att hinna med och försökte verkligen att sätta sina fötter på rätt ställe. Hon kom två meter innan hon halkade och höll på att falla. Lisa skuttade ner till henne och tog hennes hand.

– Kom, håll i mig och sätt fötterna där jag sätter mina.

Långsamt kom de båda flickorna allt högre upp på den tidigare så ståtliga muren. Lo och Lu såg för första gången något tveksamma ut. De normalt så självsäkra systrarna började förstå att det de just nu stod och såg på inte var något som de själva skulle klara av. De kunde naturligtvis försöka men de började misstänka att de inte skulle komma särskilt långt. De var inte lika sugna på ett klätteräventyr längre men visste inte riktigt hur de skulle kunna dra sig ur. Ögonblicket senare kunde de slappna av, ett kraftigt brak hade löst deras problem.

Josh hade startat bilen och gjort en stor sväng för att sedan återvända till porten. Så fort Lisa och Xian hade försvunnit över krönet började bilen att rulla. Med en oväntad och häftig rörelse tippade bilen plötsligt framåt och försvann ner i ett stort hål. Marken hade öppnat sig och slukat både bilen och dess båda passagerare. Det var inte så djup, kanske tre till fyra meter. Den stora bilen och en hel massa jord, föll rakt ner i underjorden innan

bilen med ett brak ställde sig på näsan i hålets botten. De båda
passagerarna hade som tur var säkerhetsbältena på sig. När bilen
slutat gunga och stod stilla var allt tyst en liten stund. Jan och Josh
kunde inte se vad som hänt innan det kvävande dammolnet lagt
sig. Josh var den första som hämtade sig.

– Vad i hela friden? Kan någon förklara för mig vad som just
hände här?

Jan hade en ganska klar uppfattning om vad som hänt.

– Tunneln, sa han. Flickorna pratade om att spetstandingarna
grävt en tunnel mot muren. Jag tror att vi just hittade den.

På båda sidor om bilen var tunneln fortfarande blockerad av
nedfallen jord men bakom den tunna jordvallen rasslade det ilsket.
De spände loss sig och såg sig snabbt omkring. Klättra upp ur hålet
var helt omöjligt. De hade rasat ner genom taket så hålet var rakt
ovanför dem.

– De usla kräken kommer snart att gräva sig fram till oss.
Förbered dig, Hur många pilar tog du med?

Josh plockade upp en bunt om minst trettio pilar.

– Bara de här, svarade han.

Jan plockade upp sitt eget koger och visade sina tre pilar.

– Mer än vad jag har, sa han med en bister min.

Där stod de, uppe på den bakre delen av bilen, rygg mot rygg i
väntan på att de första trollen skulle visa sig. Ur den bruna, lösa

jorden kom plötsligt de första långa och mycket skarpa klorna
fram. Trollen hade grävt sig igenom den lösa jorden och skulle nu
festa på de båda människorna. Med smällande ljud for pilarna iväg
den korta sträckan och förvandlade troll till stenboll. Så fort ett
troll rullat ihop sig tog genast ett annat dess plats. När de sista två
pilarna lämnade jägarnas bågar stod det redan klart att de två var
förlorade. Här nere i den dammiga hålan i kanten av Gobiöknen
skulle en lätt överviktig amerikan och en levande legend från
Sverige möta sitt öde. De drog bistert sina långa svärd och synade
den lilla sotade ekkvist de båda hade monterade i sina klingor.

För dem som inte riktigt vet hur man dräper ett troll så kanske det
är på sin plats att berätta. Det finns två sätt att dräpa ett troll,
genom att genomborra dess hud och få ut ekaska i deras
kroppssystem, det är det bästa och enklaste sättet. Det andra sättet
är att skilja dess kropp och huvud åt, det är det svåra sättet.
Naturligtvis kan man även krossa skallen på ett troll men om
hugga huvudet av det är svårt så är krossa huvudet på det nästan
omöjligt så, nej försök er inte på det.

Jan log sorgset för sig själv, han hade i alla fall fått vara pappa en
liten stund. Den mest underbara flickan i hela världen hade visat
sig vara hans egen dotter. Han hade bara fått vara pappa på riktigt i

några månader, men det var trots allt bättre än om han inte fått veta alls. Nu stod han i begrepp att göra något som skulle avsluta hans liv. Inte för att det var något svårt beslut, Lisa befann sig på andra sidan av muren. Varje enskilt troll han lyckade dräpa här skulle bli ett troll mindre för henne att tampas med. Skulle han dö så skulle han göra det för något större än en hotad världsdel, han skulle dö för kärleken till sin dotter. Han tog ett djupt andetag och den sorgsna blicken slocknade i hans ögon. Han var klar, det fanns inget mer han kunde göra, ett andetag till, och sedan? Med ett vrål kastade han sig ner från bilen och rakt in i den blodtörstiga hopen av troll. Josh stod kvar ensam uppe på bilens bakdel och såg förfärat på när Jan kastade sig över trollen. Han försökte värja sig så gott han kunde men de var helt enkelt för många.

Mary Lee hade reagerat precis så som hon var tränad att göra. Så fort hon såg hålet som bildats innanför muren samlade hon sina vakter och skyndade fram.

Hålet var ungefär fem meter i omkrets och hade bildats precis mellan huvudkontoret och den stora grusplanen. En normalt funtad människa hade sprungit åt andra hållet när de såg de vidriga bestar som kravlade upp ur hålet. De kinesiska murvakterna var dock allt annat än normalt funtade, de var lite småtokiga allihop. Chefen, eller, den före detta och nu uppätna chefen, hade skickat iväg alla trolljägare bort från muren och ut mot den plats där han i sin enfald trott att trollen fanns. Ett felaktigt beslut som nu gjorde att den sista försvarslinjen bestod av de flickor som han föraktat under hela sin karriär. Nu stod de där, skuldra vid skuldra, redo att offra sina liv för att rädda Kina från trollen härjningar. Redo att dö för dem som inte ville veta av dem. Flickor som övergivits av sina familjer av den enkla anledningen att de inte var födda som pojkar.

Skarpa smällar hördes över hela anläggningen när armborsten avfyrades. Det var dessvärre alldeles för få vakter för att stoppa den hord av spetstandingar som vällde likt myror ut ur hålet. Marys vakter hade inget val, de sköt för att sedan springa undan och försöka hinna ladda om.

– Tillbaka, vi försöker stoppa dem vid barackerna, skrek Mary och vevade med ena armen.

– Skynda på, vi måste försöka stoppa dem innan de kommer in i staden.

Det hundratal troll som redan stod runt hålet innanför muren verkade dock inte ha så bråttom att lämna det. De samlades runt kanten och rasslade ilsket med sina hårliknande taggar, de verkade vakta något. Mary och hennes vakter lyckades ta sig till barackerna utan några förluster. De bar ut skåp och sängar för att i hast

161

försöka skapa en barrikad mellan de vidriga trollen och staden nedanför. Hur de tänkte här går dock att undra, om en solid stenmur som är trettio meter bred och tjugo meter hög inte klarade av att stoppa dessa bestar så skulle nog inte några staplade möbler heller klara av att göra det. Hur som helst, där stod de, beredda att slåss till sista blodsdroppen, de som alla andra inom kinesiska avdelningen av byrån inte såg som riktiga trolljägare. Dessa flickor som hela sina liv fått höra att de inte dög till något annat än att fotas av turister. Det var dessa flickor som nu stod och förberedde sig i väntan på den stora anstormningen. Det var på deras axlar hela Kinas öde vilade. Med bestämda miner stod de och väntade, de oälskade och oönskade. Mary såg först med förvåning men sedan med stolthet på hur hennes flickor kämpade.

De bruna, fula trollen irrade planlöst omkring framför den tillfälliga palissaden. De sprang in i både väggar och varandra när de försökte ta sig fram till avspärrningen. Något stod inte rätt till, vad höll de taggiga monstren på med? Plötsligt förstod hon.

— Rör er hela tiden, stå inte stilla någon gång. De fula bestarna har svårt att se oss, det är helt enkelt för ljust, skrek hon uppmuntrande till sina modiga flickor.

När trollen väl stormade mot deras barrikad skulle det ta flera minuter innan de första trollen började riva bland möblerna. Hela planen framför dem var täckt av runda stenbollar som var och ett visade var ett troll hade dräpts. Flickorna var en stolthet för byrån men den korkade, före detta chefen hade varit för dum för att begripa det. Nu stod dessa tappra flickor inför ett öde som efter att de blivit slagna skulle komma att drabba resten landet. De var dömda av ödet att bli trollkäk men tänkte inte vika ner sig bara för att ödet ville det. Sitt öde kan man alltid ändra på med lite hårt arbete.

Lisa hade vissa problem med att hjälpa Xian uppför muren. Hon fick skutta fram och tillbaka för att visa var hon skulle greppa med händerna eller sätta fötterna. Den lilla lärlingen for som en liten apa på väggen och verkade inte bry sig om höjden överhuvudtaget. Xian kämpade för varje meter upp på väggen men den lilla kunde tydligen klättra som hon ville, upp eller ner spelade ingen roll. Efter mycken möda, och en hel del svärande på mandarin, kravlade Xian sig äntligen över murens kant. Den fina muren som stått helt rak över dalen hade nu en oroväckande svacka på mitten, den såg ut som en sorglig hängbro. Hon kom upp på fötter och vacklade fram mot murens bakre sida. Lisa stod redan uppe på bröstvärnet och stirrade ner mot marken innanför muren. Xian såg på Lisas kroppsspråk att något förfärligt höll på att hända där nere. När hon väl kommit fram och såg ner stelnade hon till av skräck och förfäran. Hundratals spetstandingar kravlade upp ur hålet och

försvann in mellan anläggningens byggnader. Försent, de hade
reagerat försent. De hade vetat att det här skulle kunna hända men
ändå hade de inte förstått. Hon kunde inte hindra tårarna från att
rinna nerför kinderna. Allt var förlorat och det fanns inget någon
kunde göra för att förhindra det.

Plötsliga smällar från armborst hördes mellan husen. De skarpa
ljuden studsade fram och tillbaka i dalen. Var kom de ifrån? Var
någonstans fanns de jägare som faktiskt fortfarande stod emot
trollens vilda anstormning? Hon torkade sig argt i ögonen för att få
bort tårarna, de gjorde det bara svårare att se klart. Hon pekade
ivrigt mot barackerna.

   – Där borta, se hur trollkräken rullar ihop sig. Jägarna är där
borta, kom, sa hon och började kränga sig över insidan av muren.
Hon ångrade sig och tittade vädjande på Lisa.

   – Kan du kanske hjälpa mig ner tror du?

Lisa hade med en känsla av lättnad sett hur trollen kravlat upp ur
hålet innanför muren. Någon kanske skulle kalla det egoistiskt
men hon var faktiskt lättad över att hennes pappa var säker på
andra sidan av muren. Hon var säker på att han skulle ha försökt
göra något hjältemodigt eller dumt och bli skadad, eller något ännu
värre om han sett den här myllrande horden. Lisa tittade en kort
stund längst väggen innan hon pekade ut en tänkbar väg.

   – Där, ser du hur väggen kröker sig lite. Tar vi fart så klarar vi

nog att springa nästan hela vägen ner bara genom att springa snett
på väggen. Där, ser du?

Hon pekade ivrigt längst muren.

– Full fart och ett par avstamp från bjälkarna, skjut ifrån muren
innan du tar mark så kan du glida längst jordvallen.

Xian kikade försiktigt över kanten mot den plats Lisa pekat på, en
nästan lodrät vägg utan minsta lilla kant att få grepp om.

– Vet du vad, sa hon. Trapporna i det bortre vakttornet borde
fortfarande vara hela. Jag tror jag tar dem istället.

Hon kilade iväg mot det stora tornet längst bort på muren. Lisa såg
undrande efter henne innan hon skuttade upp på bröstvärnet för att
kasta sig ut över kanten.

John Clark stod i sitt hotellrum och försökte komma på ett sätt att
filma den stora mängd med svarta örnar som nu cirklade över
dalen. Det var inte helt lätt för hans rum var inte utrustat med
någon balkong och fönstren täcktes delvis av ett utskjutande tak
som gjorde det nästan omöjligt att filma fåglarna. Han hade lagt
sig på golvet utmed väggen för att försöka få med så mycket
himmel som möjligt. Han bökade och stökade för att få en glimt av
djuren men det var inte lätt att se särskilt mycket av himlen. Hans
hotellfönster låg dessutom vänt rakt mot den stora muren. Första
dagarna hade både han och hans fru tyckt att det varit trevligt att se

den så nära. Nu var han inte alls lika glad över att ha den där, han ville se himlen. När han låg där och stökade ropade plötsligt hans fru till av förvåning.

– Titta, skrek hon rakt ut. Titta, det är en människa som klättrar över kanten av muren. Jag tror han tänker hoppa, Herregud, pep hon ömkligt.

John reste sig pustande och stönande upp från golvet och riktade kameran mot den förmodade hopparen. Det skulle väl vara något extra, att få en film av någon som hoppade från muren och slog ihjäl sig? Den lilla figuren blixtrade i vitt och guld när den kastade sig över kanten. Figuren föll dock inte handlöst utan sprang och hoppade på det mest konstfulla och kattlika sätt hela vägen ner till marken. John som ju var amerikan uttryckte sitt gillande med ett "hardcore", som översatt till svenska blir, på ett ungefär "häftigt".

När John Clark väl kom hem till USA igen så lade han ut just det här klippet på datorn. Det här var ju ganska tidigt i datorns tidsålder så ljudet var inte särskilt bra. Dessutom blev klippet lite grynigt men man såg ändå ganska väl vad som hände. Något år senare sågs det av en fransk grabb vid namn David Belle. David var en ung man som älskade att träna, gärna på ovanliga sätt. När han såg den guldglänsande figuren hoppa och skutta ner längst den

Kinesiska muren så blev han helt uppslukad av vad han såg. Det här var ju det perfekta sättet att träna på. Han försökte kopierade figurens sätt att hoppa och rulla men efter många misslyckande ändrade han det till något han kunde klara av. Efter det så kunde man se honom hoppa runt mellan väggar och trappräcken i hans hemstad. Davids vänner och träningskompisar kopierade i sin tur stilen och ganska snart spred sig en ny träningsform över världen. David försökte gång på gång höra vad filmaren sa att den märkliga träningsstilen hette. Han lyckades till slut lista ut det, trodde han. Han hade naturligtvis hört fel. Johns "hardcore" blev i Davids franska öron något helt annat. Han kallade den nya sporten Parkour. Den kom så småningom att bli en tämligen populär sport.

14 Lisa en Disa

Lisa stod nedanför den gigantiska, men just nu ganska trasiga, muren och såg sig omkring. Ett stort hål ute vid grusplanen spydde ur sig rasslande odjur. Hon tvekade ett ögonblick innan hon med bestämd min tog ett beslut. Hon tog ett sista djupt andetag innan hon satte fart. De fula bestarna verkade strömma åt samma håll, mot barackerna där flickornas förläggning låg. Lisa sprintade åt samma håll i ett försök att förstå vad i hela friden det var som höll på att hända. Nu var hon ju snabb som en blixt så ganska snart började hon springa förbi den ständiga strömmen av lufsande troll. Hon rundade det sista hörnet och sprintade in mot den tillfälliga avspärrningen som murvakterna byggt upp.

Mary stod i den lilla gruppen av flickor i väntan på att de vidriga bestarna skulle inleda nästa attack. Plötsligt fick hon se en syn hon aldrig någonsin skulle glömma. Mitt i den myllrande hopen av bruna taggar och spetsiga klor sprang en liten lärling. Hennes vita rustning blänkte i ett gyllene skimmer när hon i vansinnig fart närmade sig. Det hände något konstigt, varje troll som den lilla lärlingen passerade stannade till och såg med stora sorgsna ögon efter henne.

De satte sig bara ner och deras taggar på huvudet lade sig bakåt.
Där satt de sedan och bara följde den lilla lärlingen med blicken.
Flickorna vid den tillfälliga murren slutade att skjuta av ren
förvåning. Det var liksom inte någon anledning att fortsätta skjuta
de vidriga kräken, de satt ju bara där och tittade med sina stora
svarta och väldigt sorgsna ögon. Med ett imponerande skutt
hoppade Lisa upp på traven med möbler. Hon vände sig om vig
som en katt och drog sina båda klingor. Lätt hopkrupen stod hon
där, hon andades tungt och lät sin vaksamma blick glida över
hopen med bruna bestar. Hon hade sin huva nedfälld så hennes
bruna lockar rörde sig lätt i vinden. Spetsarna på de båda klingorna
ritade små ringar i luften i väntan på att få börja jobba. Något Lisa
inte ens var medveten om. Nu hände det igen, samma sak som ute
vid klippan. Lisa ställde sig upp och stoppade tillbaka sina svärd.
Hon ryckte på axlarna och hoppade ner på marken. De bruna
trollen följde henne med blicken och började kvirra på sitt
egendomliga sätt. En av de svartklädda flickorna, en liten lärling
knappt fyllda tretton år, tittade på Mary och viskade,

– Hon är speciell, jag sa ju att det är något speciellt med henne.
Hon pekade på Lisa som gick mellan trollen.

– Det var hon som flög som en fågel genom hinderbanan.
Det såg ut som om Lisa gick runt bland en skock snälla får.

Hon gick där och då och då strök hon sin hand över huvudet på något utav trollen. Varje gång hon rörde vid en av de fula bestarna kvirrade det belåtet och tassade efter henne. Långsamt och försiktigt vände Lisa och började leda den allt större flocken med troll tillbaka mot tunnelns mynning.

Lo och Lu stirrade tvivlande på den lilla vitklädda lärlingen som hoppade mellan de små fotfästena som en liten bergsget. De var måhända lite tokiga men, nej, det där fick vara för deras del. Med blicken följde de Lisa och Xian hela vägen uppför den trasiga muren.

— Wow, det där var häftigt, såg du hur den lilla hoppade som en rackarns get? sa Lo.

Lu nickade men innan hon hann svara brakade det till bakom ryggen på dem. De båda systrarna hoppade högt av skrämd förvåning. I ena sekunden hade de hört bilens motor varva upp för att i nästa bara försvinna. De snurrade hastigt runt men kunde bara se ett stort hål i marken och en rejäl plym av damm. Lo såg mest förvirrad ut men Lu förklarade det hela med,

— Den där hopplösa amerikanen kan banne mig inte köra bil. Vem lyckas få en hel jädra UAZ att bara försvinna? Jo, en amerikan naturligtvis.

Försiktigt smög de fram till kanten av hålet och kikade ner precis lagom för att se Jan kasta sig rakt in i hopen av spetstandingar. De såg först förvånat på varandra men fick sedan ett allt bredare leende i sina ansikten. De drog sina lätt böjda svärd, såg på varandra igen och med ett illande tjut hoppade de ner i gropen flinande som galningar.

Jan hade gett upp, ja så var det, han hade gett upp och räknade inte med att komma ur denna dödens grop. Han vägrade dock att ge sig utan strid. Förmodligen hade hans chanser att klara sig varit större om han stått kvar uppe på den demolerade bilen men då hade de troll som ännu inte passerat hålet slunkit förbi. Det var trots allt därför de blivit kallade till Kina, för att förhindra att de vidriga bestarna tog sig in på andra sidan muren. Dessutom befann sig Lisa på andra sidan muren så varje troll han lyckade döda här lättade hennes börda. Sin snart stundande död hade han precis accepterat när något synnerligen oväntat hände. Plötsligt som från ingenstans dök de två smått tokiga systrarna ner i gropen. De skrattade och snattrade med varandra samtidigt som de gick hårt åt trollhopen. För en sekund kunde Jan stanna upp och se på dem. De tjoade och gick på samtidigt som troll efter troll drog ihop sig till bollar. Det två galna systrarna var inte kloka på en enda fläck, men ingen skulle kunna säga att de var fega. Med en hastig blick över axeln såg Jan att från andra hållet, där Josh stod, hade trollen slutat att försöka ta sig in i hålet. De båda systrarna försvann ganska snart in i gången och tryckte helt enkelt tillbaka bestarna. Det fungerade så länge som de var i den delvis nerrasade delen där det var för trångt för trollen att komma runt dem. Jan böjde sig ner och tittade in i det hålet där systrarna försvunnit. Han såg tvivlande på Josh innan han med en något förvirrad röst sa,

– Jaha, jag antar att vi får följa efter. Kom igen, låter vi dem hålla på för länge så försvinner väl de där två utom synhåll.

Josh stönade också och suckade.

– Jaja, men kom då.

De hann inte ens fram till hålet innan de båda systrarna kom farande ut ur det i ett moln av damm.

– Vi måste dra, kom igen, snabbt, skynda på.

Lo såg, lindrigt sagt, lite stressad ut. Lu böjde sig hastigt ner och tittade in i mörkret bakom sig.

– Ujujuj, vi måste nog dra snabbt. Jag tror att vi retade upp dem, de ser inte alls glada ut.

Hon trampade lite på stället innan hennes blick föll på den demolerade bilen.

– Ja just ja. Ni tog ju med bilen. Bra, då har vi ju ett sätt att ta oss härifrån.

Josh såg från Lu till bilen för att sedan åter stirra på Lu.

– Den har dykt tre meter ner i en jäkla grop och står på näsan. Det finns inte en möjlighet att vi får ut den härifrån.

– Om den ens startar, kände han att han var tvungen att tillägga.

Lo lade huvudet på sned och såg förebrående på honom.

– Jaha, och vem var det som parkerade den så då?

Med kvittrande stämma la hon till,

– Inte jag! Kom, kom, kom, fortsatte hon.

Hon pekade på bilen.

– Vi får nog vända lite på den om vi ska kunna köra vidare.

Jan som just nu inte förstod någonting av vad den tokiga lilla murvakten sa tittade dystert på bilen. Den stod på näsan duktigt nerkilad i all den jord som följd med bilen när den rasade in i tunneln. Om bilen inte kunde gräva sig rakt ner i underjorden så var det nog uppenbart att den behövde vändas.

– Tjopp, tjopp, hojtade Lo. Kom igen grabbar, få ner bilen på rätt köl. Kom igen då.

De båda jägarna såg på bilen och sedan på varandra. Deras blickar återvände sedan till bilen för att slutligen frågande stirra på Lo. Hon slog frågande ut med händerna.

– Men vad väntar ni på? Vi har lite bråttom nu, typ jättebråttom.

De båda storvuxna männen tog ett rejält tag i den bakre kofångaren och började gunga bilen från sida till sida. Det tog inte många sekunder innan den med ett brak landade på hjulen. Josh fick för första gången se vad det var som var så mycket bättre med en rysk bil framför en amerikansk.

Bilen var illa tilltygad i nosen och hjulen stod inte riktigt som förut
men motorn startade på första försöket. Lo hoppade vigt in i bilen
för att slå sig ner bakom ratten. Övriga klättrade snabbt efter. De
båda grabbarna såg med oro i blicken på varandra när de satte sig i
baksätet. Nu satt en av de där tokiga bakom ratten igen. Jan tog
med orolig blick ett stadigt tag i det stålrör som redan sedan
tidigare hade ett rejält avtryck efter hans hand. Bakom dem
rasslade det något förskräckligt och långa böjda klor började krafsa
mot bilen plåt. Lo trampade gasen i botten och bilen for med ett
skutt rakt igenom den nerrasade jordvall som låg mellan dem och
tunnelns vidare väg under muren. De var på väg, och de var på väg
i en hiskelig fart, ännu en gång. Jan höll andan, Josh suckade bara
uppgivet.

Xian hade sprungit som en besatt över den trasiga delen av muren.
Hon vände sig aldrig om och fick därför inte se hur den lilla
lärlingen hoppade över bröstvärnet och försvann likt en katt ner
längst muren. Xian vräkte sig in i trapphusets övre del och lät
benen gå som trumpinnar ner i den breda trappan. Muren mådde
inte bra, den saken var klar. När hon kommit ner några våningar
började hela trapphuset att luta. Ju längre ner hon kom ju mer
lutade det. Den sista delen av trappan saknades helt och ett hål rakt
ner i underjorden uppenbarade sig framför henne. Det skulle ändå

gå att ta sig ner till botten genom att klättra på trasiga stenar, om hon hade lust, men hela hålet var fyllt till brädden av vidriga spetstandingar. Hon kunde inte ta sig fram den här vägen på grund av alla de oändligt många odjur som likt en flod rusade fram under henne.

– Skit, muttrade hon innan hon började se sig om efter en alternativ väg.

Det verkade som om hon skulle vara tvungen att springa upp till murkrönet igen och försöka med en annan trappa. Till hennes förvåning började trollen plötsligt stryka sina taggiga manar bakåt och deras ögon började glimma i ett blåskimrande sken. Igen? Händer det här igen? Ingen hade någonsin hört talas om denna märkliga förändring som dessa bestar ständigt tycktes gå igenom. Vad i hela friden var det som gjorde att de nästa verkade snälla? Hon försökte verkligen förstå. Hon hade själv varit med samtliga gånger, kunde det var hon själv som hade denna magiska inverkan på trollen? Försiktigt klättrade hon ner närmare gångens botten. Hon fick klänga och hålla sig fast i sönderbruten betong och trasiga tegelstenar men det gick ganska bra. Det gick ganska bra, tills det inte gjorde det längre. En tillsynes stabil tegelsten lossnade när hon satte sin fot på den. Hon försökte desperat få ett nytt grepp men hennes naglar skrapade bara mot den trasiga betongen. Med ett brak som ekade inne i gången slog hon i marken rakt framför fötterna på de vidriga spetstandingarna. Det var som om någon kastat en sten i en myrstack, de närmaste trollen reste sina taggar och deras sorgsna ögon blev åter ilsket svarta. Xian studsade upp på fötter och fick upp sin böjda klinga. Med ett rasslande som fyllde hela gången kastade sig de närmaste trollen mot henne. Deras vidriga käftar öppnades, hon kunde se varenda nålvass tand i deras gap. Xian var ingen vekling men nu var hennes möjligheter att klara sig levande ur det här upplösta i intet. Ensam i en tunnel fylld med mongoliska spetstandstroll hade hon helt enkelt ingen möjlighet att överleva. Hon lät sitt första svepande hugg gå. De otäcka kräken skulle till slut lyckas få tag i henne men hon skulle försöka sälja sig så dyrt som möjligt.

Mary Lee samlade sina flickor omkring sig.

– Ladda era vapen och följ efter, men på avstånd. Jag har inte en aning om vad som händer här men jag tror inte vi ska försöka blanda oss i.

– Just nu i alla fall, tillade hon efter viss tvekan.

De såg efter den vitklädda lilla lärlingen som likt en herde ledde de fogliga trollen mot hålet som de tidigare kommit ifrån. De oälskade, svartklädda hjältinnorna vevade morskt upp sina armborst och började försiktigt trippa efter den stora flocken. De rörde sig likt en grupp av snöleoparder, tyst och vaksamt med mjuka rörelser. Mary såg en liten stund på sina flickor innan hon suckade för sig själv.

– Om de dumma bondläpparna som dumpade sina flickbebisar vid byråns barnhem bara fått se detta. Då hade de jäklarna nog ändrat uppfattning. Mary var extremt stolt över sina flickor.

En och annan skarp smäll från ett armborst som avfyrades hördes mellan husen. De troll som inte följde den vitklädda lilla flickan rensades snabbt ut. Med lite tur skulle de snart ha kontroll över gårdsplanen igen. Mary log och följde efter sina tappra flickor.

Lisa lockade och puffade på de bestar som fortfarande inte riktigt ville följa med i den allt större flocken. Hon gick mitt ibland dem. De verkade inte kunna ta sina ögon från henne. Rörde hon vid något av trollen kvirrade det belåtet och tassade sedan fogligt efter henne. Långsamt och med försiktiga rörelser fick hon den stora flocken ända fram till tunnelns mynning. Hon pekade på hålet för att få trollen att återvända ner till sin håla men de bara satte sig runt henne och tittade sorgset. Hon suckade och började försiktigt klättra ner i hålet. Tydligen var hon tvungen att leda dem ut under muren. Innan hon skuttade ner i hålet vände hon sig om och spanade en liten stund. Hon såg Mary Lee och ropade,

– När vi försvunnit så fyller ni hålet. Släng ner vad som helst så länge.

Mary höjde handen till svar, hon hade redan en plan för att göra just så. Med ett litet skutt försvann Lisa ner i gropen och de kvirrande trollen började likt en flodvåg följa efter. Hon hann inte många meter in i tunneln innan fyra betydligt större troll uppenbarade sig.

De var mycket större än de vanliga spetstandingarna, deras ögon var små och nästa hela deras kroppar var fyllda av spetsiga taggar. Breda och klumpiga med runda axlar och långa dinglande armar. På ett obehagligt och märkligt sätt gungade de fram när de gick. Kunde det här vara drottningar? Lisa visste inte säkert men det var helt klart inga vanliga spetstandingar i alla fall. Hon hade helt rätt, det var inga vanliga mongoliska spetstandstroll, det var drottningens livvakt. De troll som skulle vakta den nya drottningen fram till att hon hunnit starta en ny koloni. Deras små ögon glimmade elakt och de visade inga tecken på att påverkas av Lisa på samma sätt som de vanliga trollen. Lisa tvekade en sekund, hon var omgiven av små, just nu snälla troll och framför sig hade hon fyra betydligt större och elaka troll. Hur skulle de små reagera om hon drog sina klingor och försökte hindra de större? Hon fick ingen lång betänketid. De stora bestarna spärrade upp sina taggar och klampade ilsket framåt. Lisa var snabb, faktiskt riktigt snabb,

men i en trång tunnel med fyra ilskna troll, och en hel massa inte
så ilskna troll, fanns det inte så mycket plats. Hennes första stöt
med sin större klinga tog bra och den närmaste besten drog genast
ihop sig till en boll. Nästan omedelbart fick hon en kraftig smäll så
att hon flög flera meter bakåt och landade inne i hopen av
kvirrande troll. Det ringde i hennes huvud och hon såg plötsligt
suddigt. Då hände det något märkligt, hela den fogliga hopen av
troll väste ilsket och reste sina taggiga manar. Deras ögon
skimrade fortfarande i blått men de var inte alls fogliga längre. De
öppnade sina vidriga gap och kastade sig över sitt byte.

Lo körde som en galning inne i den trånga tunneln, hon körde
faktiskt alltid som en galning. Den första biten hade gått bra. Det
vill säga, den allra första biten hade de inte sett så mycket av.
Bilen hade brakat igenom jordvallen av mycket torr jord och tagit
med sig ett imponerande dammoln långt in i tunneln. När de väl,
likt skjutna ur en kanon, kommit ut ur dammet så gick det ganska
bra. Det var vad Lo och Lu tyckte i alla fall. Det var lite mer oklart
vad de båda bleka herrarna i baksätet tyckte. Förmodligen hade de
tyckt att när bilen närmade sig den del av tunneln där muren hade
sjunkit så borde Lo ha saktat ner. De hade lämnat kvar vindrutan
och störtbågen i bråten som hängde ner från grottan tak. Lu hade
bara vänt sig om och rekommenderat de två lite längre

passagerarna att ducka. De lyckades precis få ner sina huvuden innan hela rasket försvann i en smäll. Ögonblicket senare dundrade bilen in i en stor grupp med troll som ilsket samlats runt något inne vid ena väggen. Lo styrde givetvis bilen så att den tog mitt i den täta gruppen. Det sprutade troll åt alla håll. Innan de båda herrarna i baksätet ens hämtat sig från den första smällen var de båda systrarna redan ute ur bilen och gjorde slut på de mörbultade odjuren.

Xian svingade sitt svärd som om hon varit besatt. Hennes hårda hugg träffade dock alltför ofta bara klor eller taggar och hon var snart uppträngd mot resterna efter den trasiga trappan. Här var det alltså slut, hennes sista möjlighet att klara sig hade försvunnit. Nu var det bara hennes rustning som stod mellan trollen och deras tilltänkta skrovmål.

 Plötsligt och utan förvarning brakade det till i trollhopen, det for troll åt alla håll. Vad i hela fridens namn var det som hade hänt? Hade något exploderat inne i tunneln? Xian var förblindad av damm och förstod för ögonblicket ingenting. När dammet väl lagt sig stod en kraftigt demolerad jeep och två småtokiga murvakterna bara där. De såg sig omkring. Lu såg på Xian med ett käckt leende,

 – Hej, finns det inga fler troll här någonstans?

Hon såg sig omkring som om hon hoppades på att det skulle finnas det. Xian höjde tveksamt handen och sa bara,

– Ööh, hej.

Hon flämtade och försökte hämta andan innan hon fortsatte,

– Hur i hela friden har ni lyckats få ner bilen i tunneln?

De båda systrarna pekade samtidigt och blixtsnabbt mot Josh och
sa i kör,

– Det var inte vi, det var han!

Josh, som fortfarande satt i den allt mer demolerade bilens baksäte,
gömde ansiktet i händerna och skakade på huvudet. De är banne
mig tokiga på riktigt, allihop, muttrade han för sig själv.

Jan som lyckats klättra ur bilen stod på resterna av det som en
gång varit ett troll och lyssnade, något hände längre fram. Det var
ett väsande och rasslande som om alla spetstandingar i världen var
på väg mot dem. Vilken Trygg som helst hade försvunnit åt ett
annat håll, men nu var ju våra vänner vidsynta. Ett par av dem
hade dessutom visat mer än en gång att det var mer än ”lite
tokiga”. De behövde inte ens diskutera vad de skulle göra. Genast
kastade de sig in i bilen för att försöka hinna fram till, vad det nu
var som hände där framme.

Xian fick stå på kofångaren där bak, faktiskt den enda del av bilen
som fortfarande var hel. Det skramlade betänkligt om den
demolerade och mer än lovligt slitna UAZen när den satte fart.

15 Drottningen

Lisa trodde inte sina ögon, trollen slogs mot varandra. Hennes tidigare så snälla små troll kastade sig mot de större som om de skyddade Lisa. Omtöcknad och väldigt öm reste hon sig på vingliga ben. Något som ganska snart blev uppenbart var dock att de små trollen, trots att de var många, hade svårt att fälla dessa större bestar. Likt ruttna frukter smackade de in i tunnelväggen när de fick en snyting och gled sedan långsamt ner. En blöt fläck var så småningom allt som var kvar på väggen. De tre kvarvarande bestarna började långsamt vagga framåt igen. Lisa och hennes troll backade försiktigt undan. Hon försökte manövrera sig så att hon kunde komma åt ett av de stora trollen i taget. De fula bestarna såg på henne med tomma, illvilliga små ögon och blockerade varje försök. Hon tvingades bakåt steg för steg och det fanns helt enkelt inget hon kunde göra åt det. Tunneln sluttade långsamt uppåt, hon var nära mynningen igen. Skit också, hon hade ju varit så nära att få med sig alla trollen till andra sidan av muren.

Runt tunnelns mynning stod en ring av svartklädda flickor, de blev milt sagt förvånade när de kvirrande trollen åter började komma ut ur hålet. Några av dem lyfte tvekande sina armborst men ingen av dem sköt. Trollen verkade helt enkelt inte farliga när de med bakåtstrukna taggar och blåskimrande ögon kvirrande bara vaggade rakt igenom den glesa ringen av flickor. Mary Lee hade för länge sedan gett upp med att försöka förstå vad det var som hände runt henne. Nu gick hon helt och hållet på magkänsla.

– Släpp igenom dem, ropade hon, släpp igenom dem men var beredda.

Vad det än var som fick en så stor grupp med troll att backa så var det inget bra. Det var med stor oro och inte så lite förvåning som hon till sist såg den lille vitklädda lärlingen komma backande ut ur hålet.

Tunnelns mörker började lättas upp av det tilltagande ljuset från tunnelns mynning. Lisa såg sig försiktigt omkring, de fula stora bestarna vaggade fortfarande mot henne med alla sina taggar utfällda. Det raspade i tunneln när taggarna skrapade i tak och väggar, de fula bestarna var verkligen stora. Hon slängde hastigt en blick över axeln och såg att murvakterna stod i en ring runt mynningen.

– Var beredda, skrek hon. Det är några riktigt fula rackare här nere. Skjut så fort ni får chansen.

Hon vände sig vigt om och sprintade ut ur tunneln.

De kvarvarande små trollen samlades genast runt henne och kvirrade belåtet. I samma ögonblick den första av de stora bestarna visade sig i mynningen for en svärm av korta grova pilar genom luften. De blanka och mycket vassa spetsarna blixtrade till ett kort ögonblick innan de träffade det fula trollet. De här stora bestarna tålde en hel del men inte ens ett bergstroll hade klarat av att ta emot trettiotvå vassa pilar försedda med en liten sotad ek-kvist. Den fula besten rullade ihop sig som en boll. Genast började flickorna att veva upp sina vapen igen. Det tog sin lilla tid, ett armborst som laddades med vev tog tid att ladda. Ur tunnelns mörker vaggade de två kvarvarande stora monstren upp. Den första slängde ut med sin ena labb och kastade en handfull flickor bakåt med en skräll. De flesta kravlade upp igen men några låg stilla kvar i dammet. De flickor som fortfarande kunde kämpa samlade ihop sina vapen och fortsatte med att veva upp sina armborst. Den energiska energi de tidigare visat upp saknades dock. De var omtumlade och förvirrade efter att ha kastats runt som trasdockor. Bland de flickor som undgått att träffas klickade spärrhake efter spärrhake fast sina respektive strängar. Med flinka fingrar plockade de upp en ny pil. Vapnen riktades mot det närmaste trollet så snart de var laddade. Det tog inte någon lång stund innan även det trollet låg som en boll nere i tunneln. Det sista rusade med förvånansvärd hastighet ut och slog vilt med sina långa labbar. De svartklädda flickorna for som käglor åt alla håll.

Den sista tunna linjen var bruten. Det fula, taggiga och drumliga trollet öppnade sitt gigantiska gap och väste åt de små kvirrande trollen som fortfarande satt runt mynningen. Lisa tog chansen, hon hade under tiden som murvakterna gjort sitt smugit längs kanten. Med sin stora klinga i båda händerna hoppade hon ner i hålet och slog ett enda slag. Det skarpa svärdet, smitt under Andalusiens berg, studsade bara harmlöst mot bestens taggar. Lisa tumlade ner vid trollets fötter och försökte snabbt rulla runt för att komma upp på benen igen. Trollet gav henne aldrig den möjligheten. Det lyfte bara sin stora fot och stampade till. Ett vått smaskande ljud hördes innan det blev alldeles tyst.

Mary Lee kravlade sig upp i sittande ställning, hon hade svårt att andas och en av hennes fötter pekade inte längre åt rätt håll. Hon var yr i huvudet och hade inte riktigt koll på vad som hänt. Ena sekunden hade hon stått tillsammans med sina flickor och laddat sitt armborst, i nästa låg hon tio meter bort och hade ont. Hon hade sett den lilla lärlingen hoppa ner i tunnelns mynning och hört det otäcka ljudet. Hon ville så gärna hjälpa till men hon kunde helt enkelt inte röra sig ur fläcken. Runt henne låg eller satt hennes tappra flickor. Det verkade som om de blivit utslagna allihop. Baotous försvar mot otäcka odjur var slaget i spillror. Det fanns inte längre något skydd mot drottningens genombrott.

Kina som för en stund sedan faktiskt sett ut att kunna räddas låg nu öppet. När drottningen väl kravlade ut ur hålet skulle det bara vara för henne att flyga iväg. Nu skulle hon ostört kunna breda ut sina svarta vingar och starta en ny koloni innanför muren. De inlånade trolljägarna var utflugna med helikopter och var långt ute i obygden. De skulle inte hinna hit i tid. Mary Lee hade förvisso anropat helikoptrarna men de var fortfarande mer än en timme bort. Murvakten, hennes egen avdelning, låg runt henne på marken, hon visste inte ens om alla levde. (Det gjorde de, men det visste ju inte Mary) Kvar var just ingenting, det fanns helt enkelt ingen kvar som kunde stoppa drottningen. En enda flicka hade stått upp när hennes egna flickor slagits till marken. En ensam vitklädd flicka, och hon trodde sig veta vad som hänt den lilla tösen. Mary hade med egna öron hört det förfärliga ljudet.

Den grymma, stora besten höjde sin enorma fot för att stampa på Lisa. Likt en liten vessla svängde hon runt och drog svärdet intill sig. Hon satte handtaget mot marken och riktade spetsen mot den stora foten som var på väg ner för att krossa henne. Den vassa spetsen trängde in i foten hela vägen ner till handtaget. Lisa rullade i sista ögonblicket undan när foten kom glidande ner längst klingan. Trollet som trodde att det vunnit över den besvärliga lilla människan såg för ett ögonblick exakt så förvånat ut som ett troll kan. Hela klingan satt i foten och i närheten av dess spets satt en liten sotad ek-kvist, den gjorde nu sitt jobb.

Med ett vått, smaskande ljud drog trollet ihop sig. Lisa rullade runt och ställde sig mödosamt upp med en lättad min. Hon såg sig sedan omkring med ett något förvirrat uttryck i ansiktet. Tunneln var tom, helt tom. Varför hade det först kommit en hel armé av mongoliska spetstandstroll och efter dem fyra bamsestora troll, vad det nu varit för sort? För att sedan komma, ingenting? Nu var tunneln helt tom. Hon vandrade försiktigt vidare in i tunneln men inte ett ljud hördes. Lite längre fram krökte sig tunnelns väggar, hon tassade försiktigt fram för att undersöka om resten av tunneln var lika öde. Med ljudlösa steg smög hon likt en dimslöja fram i den dunkla gången. Plötsligt stod hon öga mot öga med drottningen. De stora vidriga taggbollarna som gått framför henne var ingenting i jämförelse med drottningen. Lisa stod där, utan båge och pilar, hennes enda svärd med ek-kvist satt fortfarande djupt inbäddat i en stor stenlik boll som tidigare varit ett troll. Kvar hade hon bara sin lilla klinga, förvisso sitt favoritsvärd, men det skulle inte hjälpa henne den här gången. Mot det här trollet skulle inga vapen i världen hjälp. Drottningen spelade i en helt annan liga än de andra trollen. Långsamt gick Lisa närmare. Drottningen fällde sina långa taggar bakåt så att det såg ut som långt bakåtstruket hår. Hennes kropp skimrade i en grönaktig nyans. De stora sorgsna ögonen var försedda med långa böjda taggar likt perfekta ögonfransar. Lisa var som förtrollad, drottningen var inte mer än ett par decimeter hög. Hon var bedårande söt där hon stod med klippande ögon. Hon såg så blyg och rädd ut. Lisa närmade sig försiktigt det lilla söta trollet, hon böjde sig ner och ville för ett ögonblick klappa drottningen över huvudet för att visa att hon inte behövde vara rädd. Drottningen drog sig blygt undan och sänkte hakan mot bröstet. Försiktigt blickade hon fram under sin lugg av taggar. Ett lågt spinnande, som av en nöjd katt hördes. Lisa böjde sig fram ännu en gång för att trösta den bedårande lilla varelsen. En svag vibration i tunnelns golv fick henne att hejda sig. Ett konstigt skramlande ljud följde, först svagt men sedan hördes det allt starkare. Lisa tittade försiktigt ner i den mörka tunneln. Vad var det för konstig tingest som skulle komma fram den här gången? Räckte det inte nu? Hon såg inte att den ursöta, men dödligt livsfarliga drottningen fällde ut en glimmande tagg från sin långa svans. Tyst och ljudlöst hasade hon sig närmare och den långa sugrörsliknande taggen riktades mot Lisas hals. Längst ut på

taggens sylvassa spets blänkte det av en svart vätska. Det
skramlande ljudet ekade nu mellan väggarna och hela tunneln
vibrerade så att stenar och grus regnade från taket. Samtidigt drog
sig drottningen försiktigt närmare och närmare. Den glänsande
spetsen var nu bara någon centimeter från Lisas blottade hals och
Lisa som spanade in i gången efter oljudet märkte ingenting.

Lo hade plattan i mattan. Den stackars bilen som fortfarande
fungerade, hur otroligt det än var, dundrade fram inne i tunneln.
Plötsligt tjöt Lu till och ställde sig upp i passagerarsätet, men
ångrade sig snabbt och satte sig igen. Hon hade nästan slagit
huvudet i grottans tak. Hon pekade förtjust fram över den knöliga
motorhuven.

– Titta, ropade hon, det är Lisa. Hon är också här nere.
Hon ställde sig upp till hälften igen och tjoade för att överrösta
bilens dån. Avgasröret och ljuddämparen låg någonstans ute i
Gobiöknen så det lät en hel del om den stackars bilen. Jeepen
dundrade förbi Lisa i en hissnade fart utan minsta tendens till att
stanna. Från bilens baksäte stirrade två skräckslagna trolljägare
vädjande på Lisa när de dundrade förbi. Xian som klängde sig fast
på kofångaren vågade inte ens se åt Lisas håll, hon såg med
stigande skräck hur tunneln plötsligt vek av uppåt framför dem. Av
de totalt fem passagerarna var det bara systrarna som i glatt

oförstånd vinkade. Lu som helt enkelt inte förstått att bromsarna inte fungerade tjoade och viftade glatt. Lo som körde vinkade också glatt till en början men sedan när bilen inte saktade ner så hon lite förvånad ut. Förvirrat kikade hon ner på pedalerna bara för att se att gaspedalen fastnat mot golvet. Hon satte trevande foten på det ställe där bromspedalen tidigare funnits bara för att upptäcka att den, liksom ganska många delar av bilen, numera saknades. Med ett rytande hade bilen kommit och försvunnit utan att Lisa förstått någonting. Varför hade de inte bara stannat när de hittat henne? Hon såg förvirrat bort mot det enorma dammoln som bilen lämnat efter sig.

 När dammet lagt sig och Lisas förvåning också gjort det så började hon leta efter den lilla drottningen igen. Det var bara en blöt fläck i dammet som visade var den söta lilla drottningen stått. Ett brett hjulspår efter UAZen gick rakt över den blöta fläcken. Lo hade precis räddat livet inte bara på Lisa utan även på större delen av Kinas befolkning, men det hade varken hon eller någon annan en aning om. Det var bara Lisa som sett drottningen och det skulle ta en lång tid för henne att förstå att det faktiskt varit just spetstandstrollens drottning hon mött i den mörka tunneln.

Mary Lee hade lyckats komma upp så att hon med hjälp av en av sina flickor kunde stå upprätt. De kvirrande spetstandingarna verkade allt mer oroliga och hade redan vid ett par tillfällen rest sina taggar när någon av flickorna kommit för nära. Den lilla lärlingen som hållit dem under kontroll var förmodligen borta för alltid. Hennes flickor skulle aldrig klara av en så stor grupp troll, inte i det skick de var i nu. Mary var sorgsen på alla tänkbara sätt, inget hade gått som det var tänkt och naturligtvis skulle det fortsätta så. Hon ryckte ofrivilligt till när det oväntade plötsligt hände. Ur tunnelns mynning kom det plötsligt en bil, något oklart vilken sort då den var knölig precis överallt, som skjuten ur en kanon. Den gjorde en elegant båge i luften innan den landade med ett brak och hasade ett tiotal meter innan den till slut stannade. Samtliga hjul rullade dock glatt vidare i fyra olika riktningar. Mary som fortfarande stod vid tunnelns mynning vände sig förvånat om och såg efter bilvraket. Två av hennes egna flickor hoppade ur vraket för att pladdrande och tjoande se sig omkring. De båda systrarna gjorde high five innan de drog igång med sin märkliga segerdans. Mary såg att det även var någon som rörde sig i baksätet men ingen gjorde någon ansatts att tas sig ur därifrån. Överraskningarna tog dock inte slut så snabbt. Ur en stor rosenbuske kom en högljutt svärande Xian. Kom ihåg att den stackars Xian faktiskt stått på kofångaren bak på bilen hela tiden sedan hon blev upplockad i tunneln. Hon hade kastats av från bilen i en perfekt båge när den hoppade ur tunneln. En perfekt båge som slutade i en stor och väldigt taggig rosenbuske. Hade man översatt det hon sa på mandarin när hon glödande av ilska kom stapplande ut ur busken så hade det inte varit några snälla ord. Vi kanske just därför ska låta bli att översätta dem. De få murvakterna som fortfarande klarade att spänna sina armborst hade börjat veva upp dem. Xian tog ett djupt andetag för att lugna ner sig innan hon tystade de två pladdrande systrarna och pekade på trollen som fortfarande satt runt tunnelns mynning. Jan vände sig om i baksätet och slängde en kort blick över axeln. Han suckade, det var alltså inte över ännu. Josh satt bara alldeles stilla bredvid Jan och andades, samt var förvånad över att han fortfarande kunde göra just det.

Plötsligt började spetstandingarna som satt runt tunneln att kvirra som besatta, de knuffade och buffade på varandra för att komma närmare mynningen. Till slut så var det bara en tät grupp av bruna figurer och de lät nästan som syrsor. Det brusade något våldsamt i luften av deras kvirrande läten. Ur tunneln kom Lisa långsamt gående, hon såg sig lite kort omkring, tröttheten hade tagit hårt på henne och hon hade ont nästan överallt på kroppen. Hon visade bara kort med handen mot tunneln. Hela den kvirrade flocken började som på en given signal att skutta ner i tunneln för att sedan försvinna i den mörka gången. Lisa såg sig oroligt omkring, hennes ansikte sken upp när hon såg sin pappa i baksätet på vad som tidigare varit en bil.

Jan reste sig försiktigt upp som för att kontrollera att han verkligen levde. Han klev ur bilvraket och vacklade på stela ben fram till sin lilla lärling, den bästa flicka han någonsin träffat, hans alldeles egna dotter. Han lade sina stora muskulösa armar om henne och kysste henne på pannan.

– Jösses vilken soppa, mumlade han. Det verkar inte som om det fanns någon drottning trots allt. Ingen har sett ett spår av henne. Lisa lyssnade inte, hon blundade och höll hårt om sin pappas midja. Den här gången trodde hon att hon förlorat honom fler gånger än vad hon trodde var möjligt. Hon lösgjorde sig långsamt från hans omfamning och tittade upp på honom.

– Vet du vad? Nu tycker jag att vi åker hem. Jag saknar Trumf något otroligt mycket. Han nickade gillande åt tanken. Han hade inte upptäckt det ännu men i handen höll han fortfarande den del av bilen som han den senaste tiden ständigt och krampaktigt klamrat sig fast vid.

Epilog

Det krävdes fyrahundratjugosex lastbilar med betong för att fylla igen den tunnel som de spetstandiga kräken grävt. Den trasiga delen av muren plockades ner sten för sten innan den åter sattes ihop igen. Den byggdes upp i samma perfekta skick som innan raset. Det tog tre långa år innan arbetet var klar. När muren återinvigdes för turister stod de svartklädda murvakterna där. Deras huvuden kläddes numera av en konstig svart stålkrans där en metalltunga gick ner över deras näsor och tre gick uppåt och följde deras huvuden. De var inte vilka flickor som helst, de var veteranerna från det stora trollkriget. De oönskade flickorna som en gång i tiden slängdes ut från sina fädernehem bara för att de var flickor men som nu räddat hela Kina. Artigt ställde de upp på fotografier om någon turist frågade och de visade leende var toaletterna låg. Inte en enda turist kunde ana att det var de här flickorna som om det behövdes skulle rädda deras liv utan att blinka.

John Clark hade lyckats få sin fru att gå med på en andra semester

i den lilla dalen vid muren. Han ville verkligen vara där när muren
öppnades för turister igen. Det märkliga med en Trygg som John
är att trots att han varit mitt i den värsta trollinvasionen som
världen skådat på femhundra år så hade han inte en aning om det.
Utrustad med en riktigt fin videokamera hade han bara lyckats
filma himlen i nästan två timmar. Under samma tid hade marken
utanför hans hotellrum varit täckt av troll i olika storlekar. De
Trygga kommer helt enkelt aldrig att lära sig att se.

Byrån för ovanliga händelser hade efter ett kort rådslag bestämt sig
för att utse Mary Lee som ny chef för byråns kinesiska avdelning.
Hennes första beslut var att alla vidsynta inom kinesiska
avdelningen var lika mycket värda. Hennes ställföreträdare blev en
fjärrspanare, en kvinna som hette Xian. Tillsammans hade de
lyckat med att överföra Lo och Lu till drakjägarna. De två
systrarna var äntligen där de ville vara.

Chefen för tredje Drakjägardivisionen hade kort tid efter händelsen
vid Baotou skickat ett tackkort till Mary. Han hade enligt kortet
fått de två klokaste och mest förnuftiga kvinnor som någonsin
jobbat inom drakjägardivisionen. Mary Lee hade med förvåning

funderat på hur galna de övriga drakjägarna måste vara om Lo och Lu ansågs vara kloka och förnuftiga. Hon bestämde sig raskt för att om hon någonsin skulle få ett erbjudande att bli chef för drakjägarna så skulle hon tacka nej.

Det tog nästan en vecka för Lisa och Jan att komma hem. Det var Jan som beställt biljetterna och han hade köpt biljetter som gällde två hytter på ett lastfartyg. Han hade inte någon som helst önskan att flyga om han kunde låta bli. För första gången var Lisa faktiskt glad över att resan inte gick så fort. Hon var helt slut och hade ont lite överallt. Hon gillade faktiskt att stå vid relingen och stirra planlöst över det tomma havet. Jan hade till hennes förvåning varit precis lika dålig under båtresan som han varit när de flugit.

– Hur tänkte du nu? Frågade hon, du kommer ju att må pyton så mycket längre den här gången än om vi flugit.

Länge hade han med tom blick och ett blekt ansikte bara stirrat på henne innan han svarade.

– Jag hade glömt, okej? Jag hade glömt att jag blir sjösjuk, stönade han.

En lätt krusning som inte kändes av någon annan ombord fick honom att åter igen luta sig över relingen och hulka. Det blev en lång hemresa för Jan.

Trumf hade redan på långt håll känt igen ljudet från den gamla
Landrovern. Han hade nästan slagit knut på sig själv i sina försök
att hälsa på både Lisa och Jan samtidigt. Hela vägen hem sov han i
Lisas knä. Den gamla hunden hade äntligen fått tillbaka sin
sovkompis.

Jan hade kontaktat "den gamle i tornet" när de kommit hem.

– Empire State Building, svarade en främmande röst när han
ringde.

– Översta våningen tack, hade Jan svarat.
Frågan hade verkat enkel men tagit tre dagar att besvara. Fanns det
något som gjorde att ett troll kunde bli påverkat av en människa.
Han hade beskrivit vad som hänt och hur spetstandingarnas ögon
skimrat i blått. Svaret hade han fått via telefon tre dagar senare: en
Disa-sten. Enligt en legend inom byrån så skulle storögda troll
kunna styras om en ädel och osjälvisk människa bar på en Disa-
sten.

– Vad i hela fridens namn är en Disa-sten? hade Jans svar varit.
Han hade aldrig hört talas om någon sådan sten. Enligt legenden så
skall det funnits en hinduisk gud som hette Dhisanas, förebudens
gudinna, och som gjorde att man kunde se in i framtiden. Det
kunde ha varit henne de syftade på när de namngav stenen. Det
fanns faktiskt Diser i den gamla asatron också. Här skruvade Jan

lite på sig. Den nordiska mytologin borde han ju faktiskt kunna.

Det fanns enligt legenden goda och onda Diser. Stenen påstods

enligt samma berättelse vara en gåva från de goda Diserna. När

Jan lade på luren visste han egentligen inte mer om det lilla

smycket som hängde runt Lisas hals än han gjort tidigare. Han

hade köpt det i en liten butik förra gången han var i Baotou och då

hade ingen sagt något om en Disa-sten. Den rackarns försäljaren

hade bara sagt att stenen var sällsynt.

Något han däremot visste var att i skogarna utanför stugan fanns

det inga troll som påverkades av stenen. Han tog ett långt samtal

med Lisa och de kom överens om att det lilla smycket nog gjorde

bättre nytta någon annanstans.

Mary Lee öppnade förvånat ett kuvert några dagar senare, ur det

föll ett hjärtformat smycke i guld med en konstig liten sten i

hjärtats mitt. På en lapp inne i kuvertet stod det: Bär detta alltid

runt din hals, Jan. Mary Lee satte, med rodnande kinder, stolt på

sig halsbandet. Hon hade naturligtvis missförstått alltihop. Jan

hade skickat det till henne för att han visste att det skulle hjälpa

henne mot de mongoliska spetstandstrollen. Mary var i sin tur

övertygad om att det var en kärleksgåva och att hon hade en

passionerad beundrare i den stilige trolljägaren. Hennes kinder

skulle blossa av rodnad varje gång någon nämnde det vackra lilla smycket. På nätterna skulle hon många gånger drömma om den underbara mannen från Sverige. Man kan kanske tycka att Jan kunde uttryckt sig lite tydligare i sitt brev.

Lisa öppnade ett eget paket ungefär en månad efter att de kommit hem. Det var ett paket som var poststämplat i Kina och var stort som en handboll ungefär. Hennes fingrar fladdrade längst kanterna när hon försökte öppna det. Ögonen lyste av iver och nyfikenhet. Ur den bruna lådan lyfte hon försiktigt upp en huvudkrans. Den var av samma slag som dem de kinesiska trolljägarna använde.

Det var en stålkrans med tre metaltungor som böjde sig bakåt och den mittersta som fortsatte ner över näsan. Den här var dock inte svart som dem hon sett i Kina, den var helt förgylld. När hon tog den på sig passade den perfekt. Jan som satt vid det stora, lätt skeva bordet vände sig om och log sitt varmaste leende,

— Du ser ut som en prinsessa, sade han. Trollprinsessan av de uppländska skogarna.

PS. Denna berättelse om en enastående lärlings första år är enbart tryckt för Vidsynta inom Byrån för ovanliga händelser. Om någon Trygg av en händelse skulle råka läsa det här är det naturligtvis bara en saga. DS.